心靈的櫥窗

寒玉——著

櫥窗裡的真情世界

——試論寒玉《心靈的櫥窗》

陳長慶

《心靈的櫥窗》是作家寒玉小姐的第六本書。毫無疑問地，她靈感的來源依然是生活週遭的體會，「我看我思我寫」更是她創作的不二法門。從書中的十三篇作品與書寫的字數和發表日期，我們可以清楚地看到，幾乎每月都有一篇新作誕生，而且字數少則三千餘字、多則萬餘言，並以一百八十餘則生活小故事，串連成一本十萬餘言的散文集。內容除了有「生活集錦」、「俗事一覽」、「人物側寫」，更有「留言與流言」……等等。作者的勤奮和用心，以及對文學的熱衷和執著，的確讓人讚嘆。

楊牧先生在《中國近代散文選》裡，將散文歸納為小品、記述、寓言、抒情、議論、說理、雜文七類；鄭明娳小姐在《現代散文類型論》將散文分成「主要類型」與「特殊結構類型」兩種，前者分情趣小品、哲理小品、雜文三類，後者包括日記、書信、序跋、遊記、傳知散文、報導文學、傳記文學七種；楊昌年先生在《現代散文新風貌》則歸納出十一種「新的風貌」：詩化散文、意識流散文、寓言體散文、糅合式散文、連綴體散文、新釀式散文、靜觀體散文、手記式散文、小說體散文、譯述散文、論述散文……等等。

當我們看到散文有那麼多種類和分別時，著實難以把寒玉小姐的作品做一個妥善的歸類。無論她書寫時是隨興或有感而發，並沒有受到文學創作理論那些嚴肅教條的影響，純以「我看我思我寫」為出發點，這種如數家珍的書寫方式，非僅能抓住主題的重點，更能寫出深受讀者喜愛的文章。於是在《心靈的櫥窗》這本書裡，屬於「寒氏風格」的作品已然成形，這種毋須受到文學理論牽絆的創作模式，必須歸功於她和這座島嶼長久以來所建立的深厚情感。故而她並非憑空想像，而是以寫實手法來記錄親眼目睹的島鄉事宜，以及生活週遭的點點滴滴。如此之寫作方式，不僅能充分掌握她欲表達的意象，讀者也能輕輕鬆鬆地享受閱讀的樂趣，確乎是兩全其美的高明技巧。

誠然，寒玉小姐的作品鮮少在台灣的報刊雜誌出現，但透過《金門日報》的網際網路，全球華人均可讀到她富有淳厚島鄉色彩的作品，台北秀威資訊公司更把她所出版的書籍《心情點播站》、《女人話題》、《輾過歲月的痕跡》、《島嶼記事》以及《浯島組曲》等書，在海內外廣為發行。因此我們敢於如是說，經過多年努力後，寒玉小姐的成績有目共睹，已非昔日的吳下阿蒙。

在《心靈的櫥窗》這本新書中，其創作時間雖然橫跨兩個年頭，而實際上只短短的一年。首篇是〈視窗〉，作者以二十三個小單元來書寫週遭的人、事、物，即使每個單元只有短短的數百字，但都能夠把她欲敘述的事由交代得清清楚楚，讓讀者有繼續讀下去的意願。所謂「寒氏風格」，還有一點值得一提的是它文中經常出現的「韻腳」，若依常理而言，韻腳通常都是詩詞歌賦等韻文，在句末尾所押的韻。作者把它運用在一般散文的句字中，也別有一番優雅的風味。我們試舉例如下：

〈老天跟我開玩笑〉

衣服已快曬乾，忽地天空一片黑暗，緊急嚷來一家老小，分配收藏前屋與後院。家裡收整完全，看天色越來越暗，雖是中午，感覺如傍晚。一番好心腸，通知左鄰右舍趕緊收衣裳，衣服已快乾，突然變天就麻煩。

〈愛心的背後〉

大年初一的早上，向玉皇大帝賀年，燃放鞭炮一串，正在泡甜茶，吃甜甜、好過年，忽然家中電話響，看護來電要錢，談完之後突然電話斷線……。

〈心理的感受〉

他嘆了一口氣，外表不耐看，走路不像樣，不願與人話團圓。數年封鎖心田，活在自我的空間，隨心所欲過自己想要的明天。

作者富有韻味的段落，在其作品中可說處處可見，無形中也成為寒氏的獨特風格，讓人有耳目一新之感。

在〈瀏覽世間話故事〉這個篇章裡，首先出現的是令人心生同情的「車禍」，當然，它也是作者身歷其境的親身體會。車子被撞了，人也受傷了，無論是警方路權的丈量或監視器的調閱，都顯示這場車禍是對方的錯，讓肇事者無所遁形。然而，肇事者卻是一位自稱半工半讀的女學生，除了承認過錯外，其家長也出面道歉，作者基於同情心之使然，忍受自己被撞擊時的頭暈、嘔心、胸悶的症狀，選擇原諒肇事者。但是，好心卻得不到好報，肇事者的姐姐卻捏造事實，誣指他們車速過快，沒有煞車，撞人反咬被人撞……等語，如此之不當言行，確實造成受害者二度傷害。負責處理的警察先生，耳聞她們四處造謠放話，毫不客氣地提出警告，讓肇事者及其家人感到羞愧。作者經過這場車禍而身心承受雙重折磨後，卻也有社會變調、人心不古之感嘆。若非親身經歷，實難以把這場車禍書寫得那麼詳實。

誠然，作者〈瀏覽世間話故事〉尚有十餘個單元，裡面包容著形形色色的世間故事，有「天龍鬥地虎」、「穿旗袍的女人」、「玩布偶的男人」、「賣燒餅的老闆娘」、「她是別人的老婆」……等等，把人生百態透過她的筆觸，活生生地呈現給讀者。其內容不僅有趣味性亦有啟發性，當我們讀完此一篇章，就猶如是作者引領我們，瀏覽這個交織著善良與罪惡、美麗與醜陋的人世間。其他如〈生活集錦〉、〈俗事一覽〉、〈紅塵俗事〉、〈我看我思我寫〉……等篇章，都是較生活化的作品。可是文中涵蓋的範圍則包括對青少年的關懷，對隔代教養的關注，對婚姻大事的期許，對歲月的緬懷，甚至生死輪迴的探討，民間慶典的介紹……等等，整體說來既有瞻前亦有顧後，讓作品更具多元化，更有可讀性。我們可從書中一百八十餘個各類型的書寫題材得到印證。

可是，卻也因為她的敢言，而激起許多波瀾。一篇替弱勢族群爭取的「送餐」，無形中竟成了網路留言版廣為討論的「發燒問題」，有人認同她的觀點給予鼓勵、加以讚賞，被批評者則難以接受如此的事實，甚至有位不明就裡的人，還向她的婆婆告狀。而作者亦非省油燈，也撂下狠話：「長輩的施壓，不是第一次，捫心自問無愧於筆耕，是我在文壇立足的原則，敢上槍林彈雨的戰場，就不怕陣亡。就算今日在地上向公婆告密，明日到地下跟父母告狀，我心坦蕩、堅持理念，不屈服於他人的威嚇。」一個弱女子敢於做如此宣言，敢於向惡勢力挑戰，我們不得不佩服她的勇氣。坦白說，作家的筆並非只用來歌功頌德，它必須是這個社會最忠實的代言人，方能透過他們的筆觸，寫出對這座島嶼的愛和關注，讓善惡分明，讓光明與黑暗有一個明確的分釐，繼而創造一個祥和、完美，沒有紛爭的社會，那便是生長在這塊土地所有子民之福。

然而，或許是樹大招風遭人嫉，抑或是自古文人相輕的使然，竟有人在網路留言版上毫不留情地惡意批評，甚至還把同在文壇一起耕耘的好些人牽連進去、一併加以撻伐。當作者看到那則惡意批評的留言時，簡直難以接受，幸好有文友仗義執言力挺，並給予精神上的鼓勵，始讓她的情緒緩和。古人云：「本是同根生，相煎何太急」，彼此同在這塊歷經戰火蹂躪過的土地成長，理應相互扶持、相互鼓勵，何況每個人的教育程度和生活歷練都有所不同，文學領域又是那麼地寬廣，因此書寫的方式和水準當然有所差異。但只要能把眼所見、耳所聞、心所感，透過文字來表達，並與讀者和鄉親共享，已屬難能可貴，何須過於苛求。

況且，讀者們對文學作品的解讀也不盡相同，倘使一個人對現實不滿或空有滿懷理想，而以批評漫罵為樂趣，那是不足取的。別以為真有：「天下文章屬三江，三江文章屬浯鄉，浯鄉文章屬吾弟，吾替吾弟改文章」這種事。果若真有其人其事，除了先賢外，現下文壇又有誰能擔負這個重責大任？寄語某些擅於作無謂批評的「仁人君子」或「社會人士」，要懂得「人情留一線，久後好相見」這個簡單的道理，更要知道「若要人不知，除非己莫為」這句俗諺。別忘了，要打擊一個人容易，要激勵他人奮發向上則不易。倘若那位批評者有本事寫出震古鑠今的作品來回饋這片土地，還情有可原。

基於上述，我們也在文本中看到作者善惡分明的本性，針對網路上的惡意批評，隨即以「激盪話題」乙文還以顏色。雖然她寫來較含蓄，下筆也較為溫厚，但明眼人都看得出來，一個沒有學歷的家庭主婦，竟以反諷的手法，替那位「仁人君子」上了寶貴的一課。例如：

——有意義的建言屬良心建議，無厘頭的攻擊不需搭理。每個人的學經歷不同，創作手法也不一，但只要努力，就能看到好成績。深入淺出的內容，只要讀者看得懂，不需大費周章去賣弄。

——文筆不好可再加強，心地不好就無藥可醫，批評他人之前先反省自己。

〈百年點播〉之二的「痴情姐妹花」是該書較特殊的一篇。作者詮釋的是難容於傳統社會的同志戀情。從文中我們清楚地看到，作者是傾聽她的友人，也是當事者其中一人的敘述，即使只是兩個女人相戀時的一段心路歷程，但透過作者流暢的文筆，讀來備感動人。坦白說，同性戀在現今社會早已屢見不鮮，甚至有些已公然結成連理，除了不能生育外，多數都過著幸福美滿的生活，相較於離婚率那麼高的異性婚姻，不能不說是一種諷刺。儘管在這座純樸的島嶼，公然出雙入對的同志或許不多，但暗地裡生活在一起的絕對有之。當有一天我們發現週遭的朋友有如此傾向時，就如同作者所言：

——愛情無罪，感情是沒有界限，更不應有對象之分，只要是真心相對，每一份情緣都應被尊重和祝福。

——尊重她的抉擇，祝福她的快樂，願她們的世界幸福、美滿，外界也別給她們太大的壓力與異樣的目光。

概略地讀完寒玉小姐《心靈的櫥窗》的十三篇作品，在一百八十餘個單元中，即便不能一一詳加以剖析，但幾乎都讓我們留下深刻的印象。已故文學大師梁實秋先生在〈論散文〉乙文中曾說過：「散文是沒有一定的格式的，是最自由的，同時也是最不容易處置，因為一個人的人格思想，在散文裡絕無隱飾的可能。」在領會大師對散文所下的定義時，我們也同時看到一位寫實作家在文學創作領域裡所投入的心血。她溫馨親切的作品，表現出純樸敦厚的書寫風格，其廣大的讀者群，更是她創作的原動力。許多讀者或親朋好友，更主動提供故事或創作題材，交由她來執筆。即使她所受的教育有限，亦只是一個相夫教子的家庭主婦，但高學歷與好職業並非是文學創作的絕對，反而不受它的牽絆而更能揮灑自如。寒玉小姐之能以每月一篇、每年一書的成績向文學高峰處邁進，並非僥倖，亦非不勞而獲，而是她長年縝密的觀察和體會，以及不斷地努力學習換來的成果，我們必須給予高度肯定與虔誠的祝福！

視窗

一、老天跟我開玩笑

氣象報導下雨指數百分之五十，固定時間洗曬棉被的我看了一下天象，藍天白雲又陽光露臉，就按計畫進行，尤其過年前的民情風俗，怎能不洗床單不曬被，這似乎有違常理。

全家每人一條被褥，輕按洗衣機的電源，選擇行程、水位、洗衣、清洗、脫水。當程序完成，取出了一件件，曝曬前屋與後院。

太陽越來越大，褪去了身上厚重的外套，捲起了袖子，曝曬床單被褥與衣裳，順便洗個頭髮在屋外曬日暖，兼顧看天，就怕祂變臉，只因氣象有預言。

已快曬乾，忽地天空一片黑暗，緊急嚷來一家老小，分配收藏前屋與後院。家裡收整完全，看天色越來越暗，雖是中午，感覺如傍晚。一番好心腸，通知左鄰右舍趕緊收衣裳，衣服已快乾，突然變天就麻煩。

當街坊鄰居探頭看，要變天、莫遲疑，趕緊收衣。

老天爺真幽默，我都已經釋放消息，祂沒事又出個更大的太陽，這下糗大了，怎麼面對大家。不過，我還是身先士卒地將先前收到屋宇的再次搬出來曝曬。

當鄰居再次探頭看，尷尬地告訴他：「不敢再叫你曬衣服了，萬一下雨要再收一遍。」語畢，陽光又收臉，紛飛細雨後，緊接著雨珠輕灑，連鐵皮屋也聽見了它的響聲。「趕快收衣囉……」我嚷著一家老小，再次演習。

二、凝結了的空氣

他走在前頭，一條長長的街道，當與一名女子擦身而過時，忽地放了一聲屁，空氣中散發出一陣嗆鼻。

女子瞄了他一眼，摀著鼻子倉皇離去。他視若無睹地東看西瞧，彷彿事情與他無關。

他每次出現了這樣的聲音，總責怪是地瓜吃太多，從來不審視自己衣物穿得少。

大男人猶如小孩般地睡覺時候愛踢被子，當臨就寢前，他一絲不苟地將毛毯、棉被包裹得彷若木乃伊。上半夜睡得好端端，下半夜開始踢被褥，一個轉身、左踢、右踢，被子從身軀到床沿，然後滑到地板的磁磚。在冬日的天候，蜷縮著身子，一夜到天明。

已經習慣了的生活方式，要改很難。不喜歡穿厚重衣物，那種層層疊疊的笨重感，讓他渾身不自在。他選擇輕便的衣裳遮體，但保暖度不夠。
當自然的生理反應，空氣凝結時，他面不改色地，像似屁影另有其人，而泰然自若。
眼前的女人不屑地看了他一眼，他也回以無辜的眼神，彷佛在告訴她：「我也不願這樣啊，都是地瓜惹的禍。」

三、鈔票不見了

他沒有兒子，抱了一個孩子，養兒防老，靠邊思考。
有下一代不一定孝順，沒有後代也覺悲哀。他為了年老有人侍候，東尋西覓，希冀養兒將來長成，顧及恩情，回報一二。
事與願違地，當他年邁又罹癌，病榻前面無兒的蹤影，來了看護，幫忙照顧。
手上存一筆，那是古人口中所說的「棺材本」，身後事自己當自備，其他再煩他人籌備。
生病時刻，渴盼親人的撫慰。思兒多時，終於露臉的養子返鄉探慰。措手不及的事就發生在他身上，沒有感恩心的養子趁機捲款離去，飛機飛得遙遠，留下他望兒興嘆。
慶幸每月尚有就養金糊口，沒有錢的日子，存活得辛苦，但他更難過的是養兒防老的希望泡湯。看來他無法含笑九泉，只有抑鬱而終。

四、睜大眼睛

獨居的老人別高興天上掉下禮物，有人送子、也有人送女，天底下哪有這麼好康的事。他擁有一個乾女兒，臉上長滿了痘痘，為人有如男人婆。除平日的零用金，逢年過節之禮滿足了嚷嚷一聲聲的乾爹。

有目的的企劃，出自父母之手，以為獨居老人身後，女兒將是唯一的繼承人。坐擁不勞而獲的產業，不必出力，只要出一張喊乾爹的嘴。

獨居老人走了，果真留有一筆。一家人露出了猙獰的面目，以乾女兒為由，要順理成章地繼承財產。平日嘴巴說說，沒有法定理由，於法不合地空忙一場，氣急敗壞地破口大罵。

喜歡投機取巧的人，總是動著歪腦筋，期待天外飛來一筆橫財，不做事，坐享其成。一人獨睡一間房，身邊有一點積蓄的獨居長者，看緊荷包。那些莫名來客，不是真的看上你的人，他們表面笑臉、暗裡猙獰，別吃虧上當的好。

五、圍爐手記

圓桌圍爐，歡喜過年，志工夥伴，邀約獨居長者分享新年。

十年的關懷，不算短的歲月，獨居長者由十七、八位到場共享尾牙或年夜飯，而今已逐漸凋零，所剩無幾。

行動不方便，甚或不想出家門的老人家，每逢年節，親送禮物到府，經費來源是每個志工服務的交通費與誤餐費，將它們累積，也將愛心擴散到需要關懷的據點。

隨著物價的波動，縱然凝結向心力，許多慈愛，亦來自四面八方的共襄盛舉。今年的圍爐，除辦桌，善心人士的白米，那姐妹間的情誼，一人仁慈，全家有愛，一代接一代，延續了善心的存在。

事業有成，謙恭有禮的年輕人，熱心公益，帶來了酸痛油膏、噴劑、貼布，提供了老人家酸痛的服務。

志工夥伴們攜來了血壓計為老人們量血壓、衛教宣導。在天寒地凍的冷天候，囑咐多穿衣、注意保暖、使用瓦斯要小心。

為老人家特別烹飪的食材，注重咀嚼的口感，在於柔柔軟軟，不太需要用力使用牙齒的負擔。

年年圍爐大團圓，家的感覺在眼前，今年長官未露臉，老人家們遺憾。

六、人生無常

才剛圍爐，圓桌話家常，互道新年康健平安，其中一位榮民伯伯在家家戶戶大掃除，除舊佈新迎新春的時刻，我們接到也是志工的記者夫人來電，細說老人出狀況，救護車送醫院。

放下手邊的工作，急奔醫院急診室，救護車尚未抵達，先行等待，這是駐區組長與志工夥伴第二次將他送入醫院。

榮民伯伯被抬上了急診床，一聲受不了、兩聲要死掉，安撫著他的情緒，來到這裡，已是安全地帶，要配合治療，生命才有希望。

戴上氧氣罩，吊上點滴復抽靜脈血液，依例照射X光，當預抽動脈血液時，第一個護理人員摸不到血管，第二個下針後無血回應。等待的過程，伯伯吶喊不舒服，擬拔掉氧氣，要我們送他回家。夫妻一人一邊，拉著他的腋下，按著他的身軀，大塊頭的伯伯發起脾氣，我們幾乎招架不住。

我們不是他的家屬，但將他當家人呵護。他漲紅著臉，喊著一聲聲的受不了，突然臉色發紫，另一半即刻喚來醫護人員。

大串的醫護人員趕來，醫生一出手，動脈血液有著落。危急的情況，就在急診室，立即插管。而沒有家屬的他，需要簽章的前提，由另一半代勞，為他簽名蓋手印。

去年如此，今年再次，這是第二次看他插管，也是第二次住進加護病房。

晚間走在下了雨的街上，到西藥房幫他購買加護病房所需的用品，滿滿的兩大袋。看來過年放鞭炮喜迎春的大好日子，伯伯將在醫院度過。

過了煮晚餐的時間，買了便當回家給孩子們。一下車，他們蜂擁而至，以為他們餓壞了，但迎面而來的卻是關懷的聲音：「伯伯怎麼了？要不要緊？」

七、愛心的背後

過年期間的看護費，照算無誤的一日兩千，問了護理站，為病人的口袋把關。加護病房的伯伯轉出普通病房，正巧遇到過年。

大年初一的早上，向玉皇大帝賀年，燃放鞭炮一串，正在泡甜茶，吃甜甜，好過年。忽然家中電話響，看護來電要錢，這民情風俗的犯忌諱，談完之後巧合的電話斷線，發生了故障。看護來電告知，班長要她與伯伯的負責人聯絡，過年期間看護費一小時一百元，合算一日兩千四百元，同時要了長官的手機號碼，表示要回報病人病情。

當立即與班長聯繫，班長表示並未口出此言。詢問了護理站的過年價碼，過年期間仍然維持每日兩千，沒有所謂的過年加碼。再去電長官，不是回報病情，而是稟明過年的看護費要加倍。每回送榮民入院，除急診，還有一些拉雜的花費，除自己先墊錢，也常自掏腰包，省自家菜錢。

外頭的行業，過年價因人而異，而醫院有醫院的規矩，怎能私自破壞行情。縱然有些病患家屬在年節時刻，給了個吉祥紅包，但也要看個人經濟狀況，不是每個人都包得起。

我們當志工，二十四小時待命，吃自己、用自己、花自己，出自一片善心，如果要假志工、真斂財，早就發了。而自願到醫院當看護，更該愛心無限，甚且已有不錯的待遇，有酬勞的付出，心胸更該寬廣，而不是變相的來壓榨病患的血汗錢。

為了幫伯伯守住最後的老本，與他雖然非親非故，但不惜得罪沒有道德觀的人，哪怕她是什麼凶神惡煞。

大年初四一早又接到該看護的電話，重點還是看護費，要代為轉達正在台灣休假中的長官隔日返金後，親赴醫院詳談，另一半放下電話後，於樓梯絆了一跤，右臉頰瘀青，手指關節浮腫，好個不懂民情風俗的「白腳蹄」。

一會兒，又來了電話，接電話的人是我，看護告知，改日伯伯出院，不需我們麻煩，她將親自驅車載伯伯返家，並為其整理內務。我告訴她，伯伯的財產榮服處已做了清冊，平日也有志工隊伍幫忙居家整理，這些事我們來做就好。

這麼「有愛心」的女人，我要去會會她。

八、泡在醫院兩小時

經過長官的電話指示，決定換掉看護。

護理站前初見面，外觀與談吐不甚搭稱的看護，火氣上升的與班長之間的對答，領教了溝通的重要。

「過年期間，你們都在享受天倫之樂，我在醫院照顧病人，你們在哪裡？別人看護八千，我才兩千……」看護語氣激動地說。

「妳在說謊……」也是看護的班長解釋原由。

我們遵照長官指示處理事情，不管他人的家務事，但聽得出雙方溝通問題的存在，於是重點回應：「看護依排序輪值，有事無法來，可以拒絕，不用勉強自己。病人請了看護，就是請他照顧，如果我們還要隨侍在側，就不需花錢請人。」

看護之間一番強烈的激辯後，連其他病人都看不下去，護理站也要求聲音放小。

看護撂下讓病人出院的重話，隨即返回病房。

班長叩來居家護理老師處理這棘手問題，同時算清看護費用與過年期間的一個小紅包。

我坐在外頭的休息區等待另一個看護的到來。她提著隨身攜帶的東西欲回家，走到我的面前，再三的道歉，緊握著我的手，告訴我剛才的激動，表示深深的歉意。

目睹了前後的差距，人都有情緒反應，只是在聽了她心頭層層的怨語，她認為都是人，為什麼有不平等的待遇，感覺的不舒適，讓她心生不舒服。

我也告訴她，一樣是服務人群，照顧病人，她每天還有兩千塊的收入，我一毛錢也沒有，還要自掏腰包，如果都要做比較，那一定會嘔死人，但我歡喜做，甘願受。而且申明，我的家境小康，後面有一串孩子要養，我不是有錢人，每花一塊錢，都要節省家裡的菜錢。

她紅著眼眶訴說過年期間女兒與外籍女婿回金，她除要招待，又要忙拜拜，是百忙之中抽空，也是出自內心的善德。

說話一向不喜歡拐彎抹角的我，直截了當地說：「妳當時應該拒絕，去享受妳的天倫之樂，同時今天的不平衡心態也不會發生。」

聊了一下下，知道了前因後果，平日她也在其他團體當志工，團隊裡要的只是一個感覺，渴盼被尊重的滋味。

過年期間的看護，收入的多寡，當看個人運勢，有些出手大方的病人，紅包好大一個。相反地，經濟不穩的人，也只能給個意思，甚至沒有。

臨走前，她再次握著我的手，又是一句道歉。

告訴她，別想太多，平日的付出，就當積陰德。

已過了午餐時間，我家已延後了兩個小時吃飯，還沒準備食物給一家大小填肚子。

孩子們在家等我。辦完了事，快步走出醫院，回家享受天倫之樂。

九、去留

一心一意想回家的伯伯，不願待在醫院片刻。幾經周旋，身體尚未康健，如何自理生活，要他在醫院暫休養。

伯伯病房發飆，捨不得看護的每日兩千，回家有免費送餐，決定返回居住的窩。

同鄉探訪，邀約到府作客。伯伯點頭應允。

驅車送他到一個偏遠的地方，主動邀約的男主人一見面，先是客客氣氣，當伸手觸摸同鄉隨身攜帶的東西，塑膠袋裡儘是日常用品，略帶酒氣的一張臉，突然如翻書般：「冰箱裡的東西怎麼沒一起帶來？」

真的不知道做客人要自己攜帶食物，正納悶要不要帶瓦斯和開水，他已指著我們的鼻子一陣牢騷：「不要不照顧，丟到我們這裡來，過年也不會送禮，也不懂來慰問。」緊接著，砲口對我：「照顧他可是妳的責任，妳是領薪水的人，將他丟來我家，我欠妳的……」

「伯伯，跟您解釋一下，我是志工，沒支薪的。今日帶這位伯伯來打擾，是您們自己開口要他來作客，經過雙方同意，我們才送他來。如果不方便，我們立刻帶他離開。」過年期間，放棄出遊，服務不打烊，再遇到這些奇奇怪怪的事情，心裡真的不舒坦。

他朝我走來，哈出了嘴中的酒氣，難聞死了，「小姐，我就說妳兩句，怎麼，不能講啊……」

不想回應他的無理，很嘔地停止了呼吸。

隔日一早再去看伯伯是否安好。昨日被罵，今日還要陪著一張笑臉請安。

男主人一走出臥房，就言明深怕同鄉死在他家，要我們帶他離開。

稍早不是才熱情地說同是老鄉，要陪他度過餘年，等身體養好，攜他回鄉。怎麼接觸兩天，前後態度變了樣。

跟他留一線尊嚴，不願道出他的心機無限。帶走了伯伯，回到了他自己的窩，伯伯快樂許多。同時通知送餐單位，按時送便當，再聯絡其他志工，就近照顧。

結束了一場鬧劇，看到了不同的人心。

十、嬌小女人的背後

身高與年齡都和我相近的這個女人，除擁有自己的事業，喜歡炊事，不懼油煙，在她的天地裡盡情揮灑女人與生俱來的炊事本領。

幾個志同道合的女人，在小園地裡綁粽子、蒸年糕、忙年事。自己準備鍋碗瓢盆，蒸籠與瓦斯一應俱全，搭建的鐵皮屋，容納諸多各式器皿，於公於私，方便使用。

一棟屋宇，劃分為二，前面是店面，後面雜物間，物品整齊堆放。沒有特別裝潢的店面，明亮的衛浴經銷，來自她巧手的佈置經營，行銷的手法是誠實至上，以客為尊。

頭銜幾許，隱身在這嬌小女人的身上，看不到主委亮麗的丰采，容顏猶如鄰家的女孩。做什麼，就像什麼，她歡喜做，甘願受。

任何人有事找她，一通電話，當幹事一點也不假，總是放下手邊的工作，號召姐姐妹妹們，大家一起來。

一個和諧的團隊，主事者是靈魂人物，她沒有架子，身旁的姐妹淘與她配合度高，如一家人，共擁一片小園地，持續的耕耘。

走過許多團體，閱過無數人真真假假的嘴臉，這個姐妹圈，在她與她上司的辛勤播種，終看到了美麗的收穫。

十一、周阿姨

騎著一台老舊的機車，哪裡有需要，哪裡就有她的身影。

現年七十歲的周阿姨，已有多年的志工服務經驗，年歲雖長，愛心不減。與年輕的志工群為伍，周阿姨樂在其中。她的孩子均已長大，立下服務人群的決心，走出戶外，追尋人生的夢想，樂當快樂的志工。

每次活動，染了一頭增添年輕氣息髮色的周阿姨，略顯福泰的身軀穿梭在人群中，年紀雖大、經驗老到，小事、大事，沒有一樣難得倒。

今年她與傳說中的大寶和阿惠，在大寶家的廚房炊事，大蒸籠裡擺著不同口味的年糕，顏色與內容物跟隨口味作變化，拿手的紅豆年糕，大手筆的灑入濃濃的紅豆，戀愛中的男女吃來別有一番相思的滋味在心頭。

一身的魚腥味，從這些女人的身上散發出來，伴隨油炸之後，一條條已無生命、但看來活生生的造型，將在重要節日「年年有餘」地站上一席之位。

周阿姨運用了她歲月所累積的經驗，傳承年輕的一代，煎煮炒炸，就從她的妙手一一使出看家本領。

大家喊她一聲周阿姨，她總回以甜甜的一笑。笑容中，臉上顯現出了一條、兩條、三條……的魚尾紋。這些紋路，沒有減少她熱忱的志工路。

十二、痛的不得了

年齡不大，七次的手術記錄讓他度過了一次又一次的危急。瘦小的身軀，細訴著今生神經病變所帶來的諸多不適。

他是醫院的常客，從胃出血的那一年開始，醫院就與他成為了密不可分的緊密關係。每回身體有恙，急診室如走廚房，病房成了他的家園，尤其是痛到最高峰，嗎啡止痛成癮，數年的難受經驗，連警方都將他當吸毒犯。

軀體的疼痛，使他難以入眠，數度在痛中醒來，想開燈，怕吵醒室友。老年人睡覺習慣關燈，他則喜歡開燈，起因於半夜的忽然疼痛，上下床方便。但基於道德觀，他主動到一間一人居住的地方，要開要關，隨心所欲又不打擾他人。

手上吊著點滴，低頭吃著便當，他說這輩子他將與病魔為伍，生出這樣的病，將跟隨他一生。許多關係隱私的話題與切身的尊嚴，聽來格外覺得不可思議，但腦海突然出現記憶，曾經在某個網路留言版看到這則「痛」的留言，隨口問他，是否出自他之手？

他給了肯定的答案。

他說如果有天崩潰而死就是痛死的。他與痛為伍，以前如此，以後也是。

在醫療進步的今天，他真的要痛死嗎？誰來幫幫他，雖然我不知道他痛的程度。

十三、雞飛狗跳的夜晚

雜亂不堪的古屋，居住著特殊身分的男子，屋外繫著一隻土狗，屋旁飼養家畜。滿地的雞糞與狗糞，踩在腳底，留下走過的足跡。

慰問所需的簽章，尋不著他的雙親，找上了他本人。以往見面，情況還算穩定，要印章給印章，不囉唆的進房間，快速地拿出來，還會跟你說聲謝謝讓你忙。

此次見面，說明原由，先是不分青紅皂白的被他海罵，再是趕人，連屋外的狗兒與雞群也加入了戰鬥，雞毛飄呀飄，在空中舞動，伴隨雞糞的四溢，空氣中盤旋著一股濃濃的窒息味。

當再次靠近他，委婉說明，他轉而找我們拿信件，誤將我們當郵差，說他已經等很久，為什麼送信還不來。

月兒已高掛，還沒擺平他，幸有附近的志工夥伴聞聲出來幫忙，在這麼冷冽的天候，陪我們上山走一遭，尋覓他的親人，總算圓滿落幕。

按時服藥病情不一定有起色，但中斷治療只有更糟，難過的不止他一人，還有欲哭無淚的家屬。

十四、菸蒂丟哪裡

老人家吸完了一根菸，朝水溝上的一個小洞口走去，順勢把菸蒂一丟，但風一吹，菸蒂偏了方向，沒有下溝。

他的兒子在一旁指正：「爸爸，菸蒂要丟入垃圾桶，不要隨意丟進水溝，這樣人家會講話。」

他的父親理直氣壯地說：「丟進垃圾桶會燒起來，丟入水溝不會燃燒。大家都嘛這麼丟。」

他的兒子隨即將手中的菸蒂捻熄，在垃圾桶旁停下，扔了進去。

時代背景的不同，觀念有別，老人家深恐火燒房子，用了古老的方式處理他的菸蒂。年輕人的環保概念，有別以往，只是兩代之間的代溝，考驗父子相處的學問。

年輕人有自己的事業，老年人去了一個有伴的地方。兒子提著行李探望，要接他回去過年，為了安全考量，預取健保卡拿藥單領藥，老人家平日的用藥都有醫師調配，但久病厭煩、服藥困難，那種看了藥品就倒胃，寧可吃飯等日子，也不吃藥的心態，迫使他不再取藥回家。

兒子擔憂春節間的出狀況，堅持先領藥、再回家，雙方僵持，最後兒子撂下狠話，將他留下，自己搭機回家。

老人家從口袋取出了健保卡，交給了他，父子之爭終於劃下句點。

臨走前，聽見兒子對老子說教，要他放下身段，與人相處。老人家緘默無語，似乎在提出無言的抗議……。

十五、居家護理

兩岸三地都有她的足跡。

退休於國營事業，領有終身俸的她，曾有一段觀念不合的婚姻。結婚一年多，膝下一女兒，發現對方不對胃，快刀斬亂痲，各擁自己的世界。

數十年過去了，兩岸開放，緣份使然，朋友介紹，撮合了姻緣。將女兒安排妥當，隨夫君去台灣，當了看護，廣結善緣。

人生的另一階段，入住島嶼，依舊與看護結緣，當起了居家照顧服務員，以機車代步，有了固定的客源，無論時薪或其他，盤算月領兩萬多。

租屋每月三千，舊式的古厝在庭院與屋外種植許多盆栽，花花草草由小株開始培植，每一株都是心血。屋裡分區儲藏間、衛浴和廚房。客廳好大一間，佛龕供桌檀香裊裊，佛燈亮。左右臥房各一間，夫妻分房睡，女主人的書桌擺放一台手提電腦，螢幕閃亮。

走出了屋宇，一條巷道閒聊，女主人說她幫人護理，勸人放寬心，不知不覺自己跌入了深淵，罹患了憂鬱症，藥物治療中。

道出心聲後的她，言談舉止雖不像憂鬱病人，但持有一股樂觀的情懷伴她看護人間。

十六、有朋自遠方來

下了雨的夜晚，來了兩個腳穿拖鞋的男人，在溼冷的天候，有一絲不忍。

風雨生信心，依循往例探訪島嶼的過去與未來，哪怕濕了衣裳和鞋襪，每年固定由後方來金門，來如風、去無蹤地自費走島嶼，一部機車，伴隨簡單行囊，足跡行遍曾經駐守的地方。當營區變色，每回見的不一樣，心裡有一些兒悵惘。

他的好友，死忠兼換帖的兄弟，乃軍中約聘僱員，每回來金，聯繫情誼，亦帶他拜訪同好。話題轉到當年，他曾駐紮的營區，景物依舊，人事已非。我們何嘗不也如此，在西洪的舊有地帶，碉堡夷平，雜草取代了草綠服，憶及總有失落，提起心頭難過。

安民村曾留有他年輕的足跡，沖熱開水的泡麵加蛋是我們當年共同擁有的記憶，不似當今的炒泡麵，內容物之豐富，令人垂涎。曾服務花崗石醫院的醫護人員與勤務兵，任誰都知道附近一家二十四小時營業的商店，他家的炒泡麵是軍中袍澤的最愛。尤其在冬天冷颼颼的夜晚，叫碗炒泡麵，送到坑道口的衛兵哨，衛兵再打電話通知。口耳相傳，這家炒泡麵成為大家的最愛。

兩相比較，往昔的阿兵哥比較好養，不挑食的好侍候，店裡有什麼就吃什麼。

兩小時的喝咖啡、聊是非，侃侃而談他每一次抵達島嶼，都有不同的感受。在他的部落格，昔日同僚發表的文章，都會引來共鳴，而且在他的這一塊區域，常有往日的軍中袍澤前來認親戚，失聯已久，又取得了聯繫。

未來，他將繼續走訪島嶼，尋得一次又一次的感動。

十七、春聲

年關剛過，無論白晝或夜晚，家附近隱約聽見幾許的貓叫聲，那如嬰兒一般地啼哭樣兒，擾醒了睡夢。

正月肖貓、二月肖狗、三月肖查某跟人走。正值新春，貓聲吟吟，聽得毛骨悚然，尤以三更半夜，淫聲四處。

喵哦……，耳畔呢喃得很不舒服，聽得也不自在。當一隻隻追逐的貓從眼前掠過，迫不急待地溜進家門前的一間無人居住的古厝，享一刻春宵地快感，原來牠們也有生理上的需求。

公狗追著母狗跑，一陣追逐，母狗體力不支，公狗粗魯地騎了上去，瘋狂地逞其獸慾。

女人要跟人家跑，不用等到三月桃花開。今日聽見誰跟誰好，明日又換跑道，周而復始地尋覓新鮮與刺激的女人，等到三月，不就悶死。

十八、心理的感受

腳一跛一跛，不是生來就有。一次意外，終身遺憾地不願走入人群，就連最親的家人，他都刻意保持距離。

兄弟姐妹分隔多處，逢年節，返家團聚。家中地方受限，聚首決定外面。一行人前呼後應，數十人場面壯觀，惟獨他留守家園。

他嘆了一口氣，外表不耐看，走路不像樣，不願與人話團圓。數年的封鎖心田，活在自我的空間，隨心所欲地過自己想要的明天。

手足情深，相互包容，沒有人拿他當異樣。但他心中有創傷，從出事的那一刻起，已決定了遠離。

他以自我為中心，田園是他的寄託，收穫是他的成就。在一拐一拐的步履下，心理雖有恙，但安身立命於田園。

十九、遊民返鄉

他曾經以天地為家，睡於橋下。

遊民滿天飛，沒人知道他是誰。數年前，他也是其中一個。有一餐沒一頓的餓肚子，有手有腳不是不討賺，要學歷沒學歷，要關係沒門路。隨著年歲漸長，身體有恙，乞討沒體力，苦思無後路，惟有回鄉這條路。

盤纏有著落，少小離家老大回。島嶼的福利多，再加年歲已足夠，申請就養已過關，讓他門面大改觀。有了收入，有吃有住，不再穿破衣，餓肚子。

去看他，打躬作揖地感謝，早知今日，早回故里，少忍受風霜雪雨。現在回來也不遲，享受了人間的溫暖，將過去的崎嶇，一語帶過。

一碗熱粥，他珍惜於現今的擁有。告訴年輕人，一粒米，當思來之不易。受苦受難的經歷，他警惕於過去，感恩於現在。

二十、揹孩子的歲月

二十三歲結婚，育有兩對兒女，結婚一對，還有一對。

經營餐飲生意的老闆娘，娘家的養雞場，孵蛋量滿足了饕客的胃。喜歡新鮮的雞蛋，跟她買了十幾年，從未跳擔。

一路看她，在家相夫教子，經營餐飲，再到學校做早餐，贏得師生的好評。只可惜好景不常，不會開車的她，諸多不便，上街購物就是一個麻煩，因此辭去了廚工，師生難享她的美食。

她繼續在家中做餐飲、賣雞蛋。當兒子結婚，媳婦上班，她在台灣居住不慣，將孫子帶回家鄉，以傳統的金門揹巾將孫子繫在身上。以前揹孩子，現在揹孫子，為了能讓兒媳安心在台討生活，還算年輕的婆婆一肩挑起，哄著他，猶如當年哄著兒子一般。

柳丁汁不用果汁機，她的左手用力擠，右手湯匙接湯汁，一匙匙地餵著孫子。咿咿呀呀的孩子食下後，舌頭在嘴唇處舔呀舔，一點也不酸。

樂在其中的她，逗著懷中的孫子，彷彿回到從前。

二十一、老婦人

身軀瘦小的老婦，在市場擺攤多年，種植的菜，眼睛橫掃市場一周，就屬她賣相最糟，我還是選擇捧場。

捧場有原由，不是她的東西好吃，而是她的泣訴家庭辛酸史。初次相見，她就告訴我兒子不理她，媳婦難侍候，老伴罹病她心愁。

以為她經濟陷入危機，每斤菜價總比他人多貴五元以上，不起眼的菜色也如搶年搶節地離譜，也常將賣不出去的物品，千萬個拜託要我買走。

當她的老伴離開人間，留下的堪稱是天文數字的遺產，讓喜歡流連特種營業的兒子喜上眉梢，兒媳共享快活的人生。

母子與婆媳的問題依舊在，擺攤的她也依舊擺。

再次走過，不再捧場比我還富有的她，更不屑於她的不老實，沒事裝可憐。

二十二、不是大聲就贏

他在興風作浪之前，從未考量自己的過往。

退役已有一把年紀，領有多年薪資，仍無一遮風避雨之地。幸好認識了一名男子，好心收容，每個夜晚一床棉被，到他那兒窩居。

寡婦門前是非多，偏偏與他相撞頭，成就了年齡跟岳父不相上下的父女姻緣。

婚後租屋而居，在一間古厝棲身，沒有考慮自身斤兩，大呼小叫地讓左鄰右舍吃不消。鄉下地方，無人敢嚷，造就了他日後的自以為王，以為說話大聲就會贏。

年復一年地變本加厲，尤其購屋後的囂張行徑，彷彿世界只有他買得起房子。

喜歡吹噓當年勇的他，說有紅顏盼他回鄉，親人要他回轉，他要帶一筆回去光耀門楣。走了一趟，嚇得屁滾尿流，不敢再返鄉，原因無他，猛虎難敵猴群。最後決定斷親斷友，要觀光，去他鄉，故里不回轉。

小吃的經營，沒衛生概念，更無道德觀。顧客與自家三餐剩下的，裝入了便當，再給他人食用，賺錢不擇手段。麻將桌的詐賭，多人圍堵一人，詭計失敗後做了鳥獸散。邀約女人到家中飲酒作樂，老婆醋勁大發，如孬種不敢承擔。

不問耕耘，只問收穫的錙銖必較，遠近都知曉，靠的就是那個人見人怕的大嗓門。

有天他終於踢到鐵板，自從出了家門，當了勤務兵，到退役後的種種，遇到了瞭若指掌的人，掀開了他的底，許多見不得陽光的秘辛，逐步地揭櫫於世，撕了他的臉皮。

他人看不慣他的囂張跋扈，路見不平地藉此讓他收斂，也告訴他，不是說話大聲就會贏。

二十三、無機可乘

開場與關場，一再上演。無機可乘的民眾望天興嘆。

已訂了的機位，選在孩子開學前入住宿舍的當天。這樣一來，上班的另一半，當日來回，只要請假一天。

多日的霧濛濛，水珠也滴淌在屋中，能見度低於兩百，別想飛機遨遊在天空。每年固定的劇碼上演，演出了外島人的悲哀與無奈。

午后好不容易天氣放晴，果斷地要父女倆到機場補位，別等待一早的機位。運氣真好地，抵達機場尚剩五個空位，旅途順利，更讚嘆自己的英明。

要回工作崗位的另一半在松山機場等待一天又一天，霧鎖天空，後補無效，正班取消。多日的機場與下塌地點，來回的車資與住宿，帶去的盤纏幾乎用盡。

人滿為患的機場，苦等機位的同鄉，運氣好地上了飛機，但時運不濟地在金門上空繞了一圈後，原機飛回，苦笑地揶揄自己讓航空公司免費招待遊覽天際。在台無親友團的鄉親，心情跌落谷底地煩惱吃與住，有的甚至要以夜宿機場來做長期的抗戰。

每關一次場，每取消一班飛機，就傷了旅客一次心、毀了一次回家團聚的希望。笨重的行李，來來去去，就是搭不上機。

馬祖的鄉親在機場道出渴盼回家的心聲，在他們民代的請願下，已關了場，再次啟動航線疏運旅客。媒體直擊，民意代表在這緊要關頭，不但露臉噓寒問暖，提供茶水與點心，而且虔心幫忙，讓他們如願以償。

反觀金門鄉親，沒人關懷於無機可乘的心酸，站在一邊看人飲茶取暖。在這灰濛濛的天候，無人可求，只有祈求上蒼。

二十四、回家真好

口袋只剩機票，盤纏用盡，準備夜宿機場的另一半，終於幸運地補上機位回家。

出外人的諸多不便，不只有他，許多鄉親父老均有相同的處境，任憑出外攜再多，三番兩次的折騰，飛不回家鄉的困境，一日等過一日的無助，口袋終有用盡的時候。

我在金門求上蒼，他在台北看天空，兒女每天電話連線，爸爸何時回家鄉。

天候的不佳，每天步行陪孩子上下學，雖不是很長的距離，霧珠卻浸染了灰白的髮絲，亦淋濕了身上的衣裳，過敏的孩子們，紛紛有了不適的症狀，眼睛癢、喉嚨疼，夜晚咳呀咳，我也一把鼻涕、一把眼淚，耳朵癢、鼻頭痠，見到了霧氣心就煩。

開心一家將團圓，飛機在金門上空盤旋，能見度不夠，原機回台灣，旅客回家的希望又落空。

中午了，大家飢腸轆轆，加了油的班機，再次飛航，隨著東北季風的幫忙，飛到了尚義機場，安全下降，不必二度折返，大大地鬆了一口氣。

折騰數日，終於安抵家門。人人嘴裡一句話：「回家真好！」

原載二〇一〇年三月二十七日《浯江副刊》

瀏覽世間話故事

一、車禍

農曆正月的最後一天傍晚夫妻一同出門，就在山外，我們的車子已進入圓環，突然發出「碰」的一聲，我們的轎車莫名其妙地被撞了！當時坐在副駕駛座的我，頭部一個撞擊，疼痛異常，眼前黑壓壓一片，暈得厲害，但意識清醒。

另一半到附近的金湖派出所報案。肇事的女孩將車駛往太武山的方向，停在馬路邊，走到我們車旁：「車子是妳開的嗎？我的車子已經進來圓環了，妳撞了我的車子，我的車子新買的，車況比較好，沒有怎樣，你們的撞壞了。」她邊說邊打電話，聽她跟對方說沒隨身攜帶相機，無法拍下現況。

「我不會開車，是我先生開的。他已經到派出所報案，如果我們有錯，願意負責任。」突然出事，還弄不清楚狀況的我，不規避責任，第一個念頭就是先確定她的人和車有沒有事，也請她保持車禍現場的完整，留待警方的處置。

「我還有重要的事情，我是學生，白天上班，晚上還要上課。不過，我先倒車送妳去醫院。」她急促地說。

「如果妳有急事，先走好了，醫院就在附近，我自己去就可以了。」我雖抱頭痛哭，但仍站在她的立場為她設想。

警方趕到，路人也叫了救護車，離醫院雖有一段距離，基於不浪費社會資源，我告訴好心的路人，自己走路去就可以了。話剛說完，救護車來了，昏沉沉的我，先確定對方無礙之後，撐著上了救護車，消防人員除心理支撐，也做了初步檢查。另一半與肇事者則留在現場。救護車上，我起初還能清醒答話，但越來頭越昏，消防人員要我保持清醒，千萬不能睡著。

幾乎癱軟的我，在消防人員的攙扶下，進了急診室。沒有明顯外傷，但頭暈、頭痛、嘔心、胸悶的不舒服，打了一針止暈，候診椅休息。

約二十分鐘後，工友推來了輪椅，要推我到地下室照X光片。平日帶人看病，此時讓人服務，同樣的場景，不同的心情，感觸良多。但一路走來，能自己做的事，絕不麻煩別人，而婉謝了他人的好意，堅持自己走。但醫護人員說我頭那麼暈，還是讓工友服務一下。

坐上了輪椅，直達地下室。要照頭部，需取下耳垂上的耳飾。頭一陣晃、手一番抖，砰地一聲，掉了一邊固定耳針的金子，多人幫忙，遍尋不著。「活耳」的我，開春之後，注定要花錢消災，再買對新的來戴。

撞擊後的腦震盪，擔怕出狀況，醫護人員給了一張安靜的床，急診留觀。吊了點滴，抽了血、驗了尿，在急診留觀床休息，一心惦記家中的孩子，他們可好，有沒有乖乖的、有沒有踢被子。今夜起風，寒流又要來了，被褥沒蓋好，會著涼的，尤其是過敏體質的他們，更讓我擔心。

肇事的女孩掉著眼淚，我安慰她別哭。她說我從頭到尾都沒怪罪，她的哭是因為難過。看女孩在我面前淚流滿面的懺悔，心都碎了。她的男性友人將她摟在懷裡，輕拍肩膀，溫情地幫她拭去眼角的淚痕。當她的母親前來，告訴我家中務農，孩子生得多，經濟不穩，孩子需半工半讀，我則幫她求情於她的母親，別苛責，以後叫她開車小心就是。

做母親的告訴我家中經濟不好、當女兒的跟我說她要上班賺錢。從頭到尾，我不怪罪、也不要求賠償，大可不必哭窮。相較之下，我沒上班，家中經濟一人負擔，才該哭爹喊娘。但是，人要活得有尊嚴，不要他人來資援，數次的受傷，我從未要求他人一分半毫。如果要以此賺外快，早就成富豪。我始終認為，平安即是福，今日放他人生路，明日自有上蒼保護與貴人相助。

做錯事能勇於認錯才是乖小孩。當路權的丈量，路口監視器的畫面調閱，她的車頭撞我們的車尾，我們是受害的一方。我不忍苛責於年歲尚輕的她，不計較於先前對我所做的傷害。大家都平安，這是上蒼的恩典，給予她改過的機會。

凌晨拔掉點滴，欲取回健保卡，請櫃檯小姐幫忙尋找，一句不知道、兩句沒交代、三句沒辦法，坐在位置如菩薩，不理我的千萬個拜託。

我的健保卡千真萬確地放在急診室，掛號櫃檯直說已還我，最後氣不過地告訴她，皮夾讓妳搜，並且無奈與無助地將無辜的眼光望向醫師的診療桌。終於，一番尋找下，在桌上找到了我的健保卡。

現在是什麼情況，車被撞、人損傷、走入安全地帶的醫院，心也不舒坦。

隔日，我在家中休息，另一半上派出所做筆錄，肇事的一方則由一位女性友人陪伴她前往。車禍當時不在場的女性友人，引導她作答。

我頭部的損傷，一時半刻好不了，休養也需要時間，不因此而獅子大開口，反而選擇原諒、不追究，給年輕人自新的機會，同時分毫未取。

就要和平落幕，忽聞四面八方傳來的訊息，指我們車速過快、沒有煞車、撞人反咬被人撞……。不實的指控與造謠，深深刺傷我的心。路口的監錄系統，已調閱畫面，道明真相，而我不追究地選擇原諒，卻換來子虛烏有的謠傳，似乎要將我們毀於一旦。我們還要在社會立足，亦將繼續服務人群，被冠上莫須有的罪名，情何以堪。

一場車禍，沒有奪去寶貴的性命，感恩上蒼賜平安，而平安就是福，心存善念放人一條生路，由始至終不怪罪地選擇原諒，自己卻沒有好下場，頭痛欲裂胸口悶，感嘆人心走了樣，善良的社會風氣已變調。

稍早一個不追究的承諾，無論他人如何對我做出傷害，已答應了的銷案，信用擺第一，決定前往。肉體的痛，我能承受；心底的苦，無法釋懷。那日，我很失望地在派出所跟她上了一堂課，告訴她，我的外觀無損傷，但心在滴血，如果今天是別人撞她，以她及家屬一路的作風，捫心自問，可有如此的雅量寬容？要她與她身邊的人自律，不要人前人後各一套，馬上將嘴巴的拉鍊拉起來，已經對我們二度傷害，我不希望事件重演。而我一顆真誠的心，換了她們無情的毀謗，警方也當場說明監視器已經證實一切，要她們別造謠。

她的聲聲道歉稍稍緩和了我二度受傷的情緒。但是，天理與良知，究竟在哪裡？

被冤枉的人，心裡總是不舒服。夜晚，輾轉難眠，手機那頭傳來了簡訊：「對不起，我今天有去瓊林跟我姐說，並請他們不要再亂造謠，感謝妳多次的原諒與不計較，請多保重自己的身體，我運氣真的很好，謝謝你們。」

看了這則簡訊，如果讓我選擇，我仍然願意相信人性本善。女孩原始的心，應該是純淨而善良。

車禍過後，身心的受創，每日的頭部疼痛，人總是昏昏沉沉，全身無力又發麻，將來的後遺症，沒人可以告訴我。我變得看到車子心就慌，上車神經很緊繃。我寬恕別人，把痛苦留給自己，唯一的希望，只願晚上見月亮、白天見陽光，能心想事成地一路陪孩子成長。

語重心長地期望山外圓環，這容易出事的地點，除駕駛人出入小心，相關單位亦能裝設紅綠燈，提醒來往車輛行的安全，以免禍事連連。

睡夢中，聞到一股濃醇的豬腳香，眼前為我們準備一鍋豬腳麵線的兄嫂，在我忘了民情風俗裡的吃豬腳、去霉氣，他們已貼心備妥。泛紅了眼眶，低頭品嚐，腦海裡盡是親情無限。

感恩另一半的長官及同事和親友的慰問。有你們的關懷與扶持，我這顆脆弱的生命，將活得堅強而勇敢。

二、天龍鬥地虎

一山容不下二虎，都有兩把刷子的人，各有主觀意識，在同一屋簷下共事，意見的分歧，隨時都會引燃導火線，甚且週遭的人也會無故受災殃。

「我相信妳不是故意要陷害我，妳一定不知道做了這樣的處置，會造成這樣的後果……」電話響起，我拿起了話筒，那頭傳來女人的說話聲，確定接電話的是我，對我如是說。

我聽後滿頭霧水，「我與妳無冤無仇，為什麼要陷害妳呢。我做事一向光明磊落，何來陷害之說？」

「是妳要把我換掉的是不是？我要被停職半年，我相信妳不是故意要陷害我……」女人說。

「我沒有那麼大的權利，我也不會害人……」我解釋著。

「請妳救我……」她懇求我幫忙，同時道出了團體中許多不為人知的秘辛。

「妳們之間的恩怨，我沒興趣。但我答應妳走一趟，能不能救得了妳，就看妳自己的造化。我不護短，有什麼說什麼，如果我的出現，幫了倒忙，可別怪我……」她娓娓訴說原由，我簡單道出想法。

她再三的道謝，旋即掛了電話。

說好了的時間與地點，我依約前往。

她的上司已在辦公室，該來的人一一到來。

曾經一位榮民身體微恙，我們將他送進醫院，沒有親屬的榮民，幫他找了看護，我這路人甲曾經目睹的過程，清楚地做了說明，在上司所記的違紀點數當中，幫她劃掉了一個。但其餘屬實，不偏袒地就事論事。

由來已久的兩虎相爭，只有當事人最清楚他們的情況，我一個局外人不便說什麼。但第一次見面，直覺告訴我，此間存在著不單純的問題。我將個人看法提出了幾點作參考，同時要她放下心中的不快，並且歡喜做、甘願受。

見面不是長時間，說話講重點，大家都有事情要忙。

「從妳身上，我看到很多，也學了很多，謝謝妳幫我上了一堂課……」女人與我面對面，「我出門前打一通電話到妳家，沒人接，本來要叫妳不要來，看事情談怎樣，再打電話告訴妳。」

「我已經出門了，而且既然答應妳要來，就是颳風下雨，我也一定到，這是一個承諾。但能不能幫妳，真的要看妳自己的造化。」我說話一向不喜歡拐彎抹角，直截了當地說。

「讓妳走這一趟，不好意思。」上司與她均如是說。

「沒關係。」我說。

「不好意思，我不是要遷怒妳……」她誠懇地說。

「沒關係……」我說。

揮別了她們，步出了人員來自四面八方的這個大家庭，不再回頭看，今年沒有卜卦，已知運勢不佳。至於有沒有幫到她的忙，不去追問。去與留，相信她的上司會有一個明智的抉擇。

三、遲戴的眼鏡

近視三百五十度的大兒子第一次戴眼鏡。

帶他看了幾次的眼睛，也點了幾回的藥水，忽略了配戴眼鏡的需要。過敏季節來臨，看他每天揉眼睛，帶去眼科診所看究竟，先是點眼藥水，再是不容忽視的近視度數有加深的趨勢。治療一段時間，遵照醫師指示驗光配鏡。

急急地帶他走了一趟有學生優惠的眼鏡公司，大、小女兒都在這家配戴過，服務不錯。職員先是端來兩杯熱茶，再幫大兒子驗光一次，確定了度數，拿出了產品目錄，從規格到價格，一一說明。他說，都是金門的鄉親，牽來牽去，不是親戚就是朋友，做生意雖然賺得越多越好，但他選擇品質的保障與售後的服務來招攬顧客，生意不想只做一次。

選好了鏡架與鏡片，突然看到牆上張貼「控制度數」的廣告，蠢蠢欲動。不過他建議第一次配鏡，要先適應，等三個月後再做評估。同時最好每三個月回去複檢一次。

約定隔日取件，順道將二女兒的眼鏡拿去清洗，女職員雙手接過，立即處理。當清洗完畢，告知鏡片的朦朧，來自刮傷的痕跡，建議將鏡片換新，視力比較不會吃力。

大兒子試戴後，突然臉上多了一樣東西，起初有些不適應，在店裡走一遭，逐漸習慣。

男女職員送我們走出店門，邊提醒有需要服務的地方隨時到公司，也不忘叮嚀時間一到要記得回去再量度數。這樣以客為尊的服務態度，才是消費者的需求。

四、穿旗袍的女人

她是個愛穿旗袍的女人。

從大門進入，在收發的地方，看到了一個穿旗袍的女人。特殊的髮型、細緻的肌膚，搭配一襲合身的旗袍，在這顯眼的地方，不多看一眼也難。

諸多活動，擔任主持人，在很遠的地方，就看到了她的標誌，一個愛穿旗袍的女人。每件旗袍的花色，都讓人有驚艷的感覺；剪裁的合身，顯露軀體的美感；一雙細跟的高跟鞋，襯托修長的雙腿。尤以特殊的髮型，搭配特別的造型，在島嶼首屈一指。

纖瘦的身影，穿梭在意境相同、背景不同的活動中，總是吸引了他人的目光。手持麥克風的鏗鏘有力，豎耳凝聽是眾人不二的選擇。

愛穿旗袍的女人，為什麼愛穿旗袍，其實我也不知道，只是好奇於她的與眾不同。

五、補鞋

說話的腔調與我們不同，在菜市場擺攤縫補鞋子的陸籍女子，在偶然逛街的機會，路過了菜市場，看到了她自給自足的自在。

孩子的一雙知名度不錯的運動鞋，穿在腳上沒多久，鞋頭破裂，靈機一動，就送去陸籍女子那兒補補看。以前鞋子壞，買瓶三秒膠黏一黏，能穿則穿，不能穿就丟棄。遇到好一點的鞋款，走一趟補鞋店，第一次送鞋、第二次拿鞋，那間補鞋的店家關門不做了，要老遠跑到城區，諸多不便。

她看著鞋頭，指著機器說：「那個沒辦法補，要用手縫。」

抱著能補則補，不能補則丟的心態，讓她處理。

她輕巧地將一條黑線穿過一支縫針，再熟練地補過黑鞋，一針又一針地縫過，邊縫補邊閒聊。來自對岸的她，年輕時候，即從事這樣的行業，在她們那個地方，補鞋攤位多如過江之鯽。但來到島嶼之後，發現這裡缺少這樣的行業。曾經做過永續的她，當無緣抽中，興起了擺攤的念頭，一擺已經好幾個月，生意還算不錯。

丈夫過世，育有兩個孩子，老大已經二十來歲，她在經人介紹下，嫁給了老榮民，尋覓了第二春。

常回去探親，難得的是，將手藝帶到島嶼。補鞋行業逐漸沒落的今日，造福了許多人群。

閒聊過後，鞋也縫好了，她說：「三十塊錢。」

「是台幣還是人民幣？」縫了這一大段，和以前的店家相比，真的太便宜，不禁懷疑。

「我來到這裡，講的當然是妳們的錢囉。」她說。

我迅速地掏出皮夾裡的零錢，付帳後，滿意的離開。

不起眼的路邊攤，實在的價格，做的是熟客，當口耳相傳，生意不好也難。

六、玩布偶的男人

從小耳濡目染於九甲戲、拉胡琴、撿桌，無師自通的製作戲服，年近八十歲的男人細說著他的往事。

走入市場的一間小店面，樓高四層，月租六千，戴著黑框老花眼鏡的男人，在那裡經營起春捲皮的生意。我買了兩斤春捲皮，情商他擦小張一點，我要將餡料包妥後，以麵糊油炸，寄到台灣。

正在瓦斯爐烹煮枸杞雞的他立刻脫下外套，戴上護套，啟開另一頭四個煎盤並排的瓦斯爐，叫我等一會兒，並且說：「妳幫我顧瓦斯，煮好後把瓦斯關掉。」

枸杞雞已經煮熟，我告訴他趁熱吃，我不趕時間，等他吃好後再幫我處理。他說不餓，兩斤小張的需要時間比較久，客人至上。

一人掌管四個煎盤，右手擦春捲皮、左手撕春捲皮，不需要助手。十二歲就習了一身手藝，曾經赴台開店，鄰近三戶人家都同行，大家感情甚篤。當孩子成人，留在台灣發展，他回島嶼繼續耕耘，感嘆人心的腸子太窄，同行忌妒，說他的東西下藥。他說生意各憑本事，不去理會，但如果下藥，喜歡清吃春捲皮的兒孫早就中毒。

生意上門，看他要管煎盤，又要秤斤兩，我從他手中接過春捲皮，「我來幫忙。」「妳會不會看斤兩，五百克是一斤。」他告訴我斤兩的看法。

他不知道我年輕時候就是生意腳，現在只是手癢，重溫一下舊夢，「這個我會。」

他指著牆上撿桌的照片，栩栩如生地擺在盤中央。玻璃框裡，楊宗保與穆桂英的招親戲偶，生靈活現。問他這樣一組的價碼，純手工，價值四千五。

曾當選過村長，人生以服務為目的，人人好，是他與人相處的哲學。現在的他，活到老學到老，遇喜事，湊一角；逢喪事，也看得到他奏古樂的身影。

已逐漸式微的手藝，他不放棄。堅持做自己的主人，快樂就好。

七、賣燒餅的老闆娘

曾經被顧客上網投訴服務態度不好，這不但沒影響她的生意，反而越做越好。

「父母生成」，生來就是很安全的一張臉蛋，說話嗓門也大聲，客人說她不好，她也委屈於天生就是如此，要怎樣才能符合客人的要求。

一樣米養百樣人，在她的店裡看到千奇百怪的人生。有人大批訂購，約定好的時間不來取貨，現做現賣的東西，讓她制定了規則，超過二十分鐘未取貨，視同放棄，先賣他人，已過了的時辰，重新排隊。台灣訂貨，依訂單多寡、先行付款再寄貨。

身材與長相，相似度百分之八十以上的夫妻倆，在燒餅業打響了知名度。一間不是很大的店面，劃分為二，前面是門市，後面是廠房，中間以一面透明玻璃作內外的區隔。完全手工的燒餅製作，傳承於一家多口的手中，書讀到一個程度的兒子返家習藝，習得了一技之長，終身受用。現在，除了兩夫妻，還有兒子跟隨身邊一起做事。

能財源滾滾的店面不必大，一個木板桌，一台烘爐，就是他們一家人生財的器具。

戴著口罩，低頭做燒餅的老闆娘，聽到了我的腳步聲，站了起來，要我等一會兒，再五分鐘燒餅就起爐。

以手藝取勝的老闆娘，客人是她的衣食父母，她不能挑剔客人的嘴臉，但希望自己生來的這張臉，在顧客面前，也能有一絲尊嚴。

八、她是別人的老婆

不解於她為什麼要做這樣的動作。

兩岸聯婚已一段時日，已有一次婚約的她，婚後的兩張老臉越看越無趣，選擇離開，恢復自由身。

多年後，經他人介紹，再覓第二春，對象是老榮民。入住了島嶼，租屋而居，生活還算愜意。

老榮民有就養金，她也賺外快，兩人生活無慮，逍遙過日。

有天，她認識了另一個獨居的老榮民，仍然領有就養。夫妻與他認了同鄉，表示互相照料，有天帶他回家鄉。

夫婦倆先是要初識的老榮民將戶籍遷入他家，再是要與老榮民同住。同樣租屋的老榮民沒有權利讓他人入住，於是作罷。

某天，她一把鼻涕一把眼淚地抵達老榮民家，表示夫妻吵架，她再也不回那個家。要求老榮民收留，或另覓住所，她將與他同住，兩人共度一生。

很雞婆的告訴榮民伯伯，她是別人的老婆，於法有據，你豈能擅自收留，甚且不知背後有否陰謀，千萬別拿一條蟲在肛門搔癢。

老人家已花了不少冤枉錢，都是在女人身上。自己省吃儉用，花錯了地方。

苦口婆心地告訴他，已經幫他擦了這麼多次屁股，別再無事找事做。如果想要女人，在法律保障的前提下，再幫他找一個，至少不會看得到、吃不到，還要浪費一大筆鈔票。

九、住屋

便宜買進古屋，整修後高價出售。

生意人的頭腦總是靈光，一買一賣間，賺進利潤，錢滾錢、利滾利，投資成功，奠下根基。不起眼的屋子，經過巧手的裝修與佈置，轉瞬間，利潤百萬。動腦企劃，動手執行下，立即看到成果。

便宜的法拍屋、無人繼承的遺屋、欠一屁股債的抵押屋，買來都比市價便宜許多。聰明的人，買了之後，重新裝修與粉刷，連鬼看了都怕的格局，一躍身價千里。

很多人都怕買到「死人直」的房子，慘痛付出代價的口耳相傳，望之卻步。其實，福地福人居，心存善念，人鬼同處一個屋簷下，也能相安無事。

鬼屋沒有那麼可怕，你不去惹祂，祂還巴望你給祂一炷清香呢。倒是人間的小鬼，總是出其不意，那才要提高警覺。

十、不解

十歲以前的求學過程，他的老師讚嘆表現好，家長吃了一顆定心丸。

十歲以後，老師說他有行為偏差的跡象，父母的心情從天堂掉到地獄，寢食難安於孩子的改變。

親師間幾次的電話聯繫，平日要求完美的母親無法理解一次又一次的心傷，引爆點來自何處？為何一個在家表現不錯、在校學習良好的孩子，會有這種「顧人怨」的性格，令她百思不解。

一次又一次、一回又一回她傷心又落淚地責怪自己未能善盡母職。不怪他人，檢討自己、下定了決心，倘若孩子真變壞了，持續的結果，不造成他人的困擾，只有轉學一途。

他人轉學，總怪師資不佳，她則怪罪自己的孩子不努力。尤其遇到一位嚴謹的老師，求好心切地愛之深、責之切，而孩子的主觀意識強，溝通出現了裂縫。

在校成績佳，人緣也不壞，各項的表現均不差，當遇見了偏頗的同學，優良的沒學到，不佳的攬一身，久而久之，成了師長心中永遠的痛。

閱讀優良讀物是促進作文的良好基礎，但閱讀太過，一頭栽進，將心思火力集中，忽略了課文重點，學習力打了折扣。

夜晚，小男孩坐在電腦前，無助的盯著鍵盤，無力完成老師交代的作文，情急地紅著眼眶。這樣的情景，也在其他同學身上發生，他們的父母適時適地、先行放下。

小男孩的母親快刀地砍了他過於集中的閱讀史，暫時觀察，也阻斷了他從同學處所得資訊的電腦遊戲，期望拉回在師長眼中危險邊緣的他。

啜泣的母親，難過於孩子的異樣。過去與現在，同樣付出心力，不解於師長對他的評語。第一次師長訓誨，男孩哭了，師長問他：「你哭是覺得自己受委屈，還是自我檢討？」男孩回答受委屈。師長認為他不思檢討；第二次師長再次訓誨，男孩又哭了，師長如是問，男孩回答自我檢討。但師長認為他只是嘴巴說，心裡沒有真的在反省。

教育的背後，無助的母親，不解孩子有沒有救？

十一、沙塵暴

天空如霧一般地灰濛濛，出入家園不輕鬆。清晨剛拖過的地板，下午就看到厚厚的灰塵。早在數月前，一位優雅的大姐就曾經告訴我這項危機，那時的天空已出現霧濛濛的景象，她說這是危害人體的浮粒，出門最好戴口罩。

外行人以為是霧鎖天空，內行人看出了端倪，健康的掌控，以少出門、勤洗手、多戴口罩防護。

沙塵暴來襲，眼睛出現了不舒服的感覺，乾乾澀澀地，呼吸道也不暢通。喉嚨的乾癢，連續喝了友人贈送的潤喉茶好幾天，才稍稍紓緩。

這個時候，忽聞孩子的同學，一個個染上了感冒病毒，頭痛、喉嚨痛、發燒、流鼻水……，夾雜這一波的流感，女兒班上，幾乎中獎。醫生說會傳染，基於道德觀，我將發燒的女兒帶回家中休息，健康與課業之間，選擇健康。

其他學校的小朋友，也紛紛傳出了這波流行，連大人也逃不過。病毒的散播，連平日看來好端端的親友也被襲擊。彼此除了相互道安慰，遠離病毒，是大家共同的心聲。

勤戴口罩、勤洗口罩，最好配戴拋棄式，以免病毒反覆感染。

十二、燒肉粽

他曾經是瓦斯配送員，另闢了生財之路。

島嶼的燒肉粽與台灣的口感和口味大大地不相同。

每次經過菜市場，那對以手推車當攤位，做起了粿粽生意的夫妻，總吸引了我的眼光。曾經，先生是瓦斯配送員，今昔對比，他選擇行業的正確，收入多、也自由。

島嶼的拜拜多，粿粽是不可或缺的祭品，各式各樣擺滿整個攤位，因價格的高低，大小不一。

從紅龜粿、發粿、鹼粽到燒肉粽，應有盡有地，滿足顧客的需求。他的燒肉粽別於其他攤位的Q勁，除炒米要用心外，上選的豬肉、新鮮的佐料，都要講究。往年每一顆肉粽叫價十元，近來隨著物價的波動，上漲至二十元，加價的同時，裡頭的豬肉等內餡明顯加量。好吃的嚼勁，顧客太晚上門還買不到哩。

路過市場，不忘捧場，買上一顆，輕輕咀嚼於燒肉粽的香味。

十三、拜菜粿

虎年行大運，菜粿拜神明。

今年虎年，民間習俗拜菜粿，求神明賜安康。老人家如是說，年輕人跟著做，有拜有保佑，出入平安，有好無壞。

會做菜粿的人家，一攤一攤，有大有小，每份十二顆，每顆十五元，拜了神明順便解解饞，吃在嘴裡保平安。

製作菜粿繁複不簡單，菜色如作春捲般，切豆干、剁豌豆、紅蘿蔔絲、高麗菜、蒜苗、芹菜末、五花肉、海蚵……，滿滿的一鍋先炒過。

菜粿外皮以麵粉、太白粉、地瓜煮熟和泥混合均勻，將餡料包裹其中，揉捏成船型，下方墊上一層粿紙。

水滾，放入蒸籠，約蒸二十分鐘，即告完成。

同樣的經費，不外面購買，自己製作比較省，也可以多品嚐幾個。簡單的來說，同樣也能用水餃取代，沒有硬性規定，就看個人方便。

民間習俗多，拜一個安心，也憶起了傳統技藝。

十四、以德服人

如果我有本事開店，就算三顧茅廬，也一定挖角請她當我的店員。

頭上綁著一條三角巾，長得瘦小的她在店裡穿梭來去。營業將結束的時候，拿著一塊抹布，擦拭櫃檯與桌椅，連屋外的看板也不放過。這麼勤勞的女人，以為她是廚房的阿嫂。一探究竟，原來她是這家店的老闆娘。

櫃檯裡的三位年輕小姐，開心地說，她們的老闆娘一點也沒架子，她們角色的互換，常讓人摸不清狀況。

傳統裡的老闆娘都是發號施令，打扮美美的指揮調度。這位老闆娘告訴我現在員工難請，她將她們捧在手心，一些高難度的動作都自己來，以防萬一。她說，讓員工爬上爬下的清整，如果出意外，接踵的問題就難處理，她寧可挑戰自己，哪天不慎出狀況，責任在自己，沒有心理負擔。

老闆娘以身作則地凡事帶頭做，她要以德服人，讓員工過得自在。

俏皮的員工問我：「妳看，我們三位，誰比較像老闆娘？」

眼睛橫掃一遍，都不太像：「妳們都不像，我比較像。」

「啊！」她們露出驚訝的表情。

「我沒有圍兜兜。」我說。

她們拿了一張點餐單給我，告訴我以後買早點可以先行電話訂購。怪癖的我還是喜歡現場等候，監督整個製作過程，買得放心，也食得安心。

十五、倒插睫毛

接連數天，眼珠突然泛紅，蹦跳的一顆心不輕鬆，以為自己得了什麼不治之症。十個禿頭九個富的那位醫生，檢查了我的眼睛，左眼乾、右眼更乾，好幾根睫毛倒插。他拿起夾子一根一根拔，才要接近我的眼睛，我閃了又閃，就怕眼珠不保。一旁候診的阿伯，被我的舉動笑出了聲音，一次、兩次……，既尷尬又難為情。拔掉了一根根的倒插睫毛，眼睛舒服多了，不再那麼刺眼。拿回了眼藥水，不舒服的時候點點它，滋潤一下。

正要問醫生，我的眼睛乾，是不是以前感情豐富、傷心過度，哭太多，把眼睛都給哭壞了。但眼神一飄，旁邊的阿伯正在看我，我可是個愛面子的女人，怎麼可以讓人家知道我愛哭，這種丟臉的事，不提也罷。

病人的隱私，最怕被其他人知道，尤其是親朋好友。當我掛了婦產科，每年的固定抹片檢查，在我之後一位認識的朋友，她的突然不舒服，也掛同科。我們前後進入診間，知道她不舒服，我有意禮讓，但她告訴我，有事要問醫生，自己還能撐，等我看完她再看。

我不知道她的病情，但她一定明瞭我的情況。一面牆壁，說話清晰，我不避諱談病情，生老病死乃人之常情。當每年固定超音波追蹤子宮肌瘤的成長情形，榮總醫生說我沒長瘤，島上醫師講我有肌瘤。為安全起見，每年固定追蹤檢查。

今年檢查的結果，我並沒有上述症狀，那以前不是白緊張了。多年的忐忑不安，或許可以劃下句點。但是，子宮下垂，是孩子生得多的後遺症，目前以提肛補救。醫生建議如果沒有改善，必須摘除子宮。

人到了一個年紀，問題接踵而至，哪一天真的走到這個地步，除健保，沒有任何保險的我，樂觀的想法，唯有多賺一筆稿費，連題目都想好了，「沒有子宮的女人！」

十六、疑惑

醫療不足的年代，吃五穀雜糧，好像活得更持久。從一歲到百歲，沒有什麼重大傷害，平順的走完人生，不需憂愁染病上身。就算生病了，自己也未必知情，反而沒有心理負擔。

豐衣足食的現代人，資訊的發達，問題接踵而來。有事沒事的唉聲歎氣，存在著普遍的現象。

她就是這樣，每天擔心這、煩惱那，久而久之，衍生了許多困擾自己的問題。

胃酸的逆流，她擔憂食道癌；頭部的疼痛，她擔心頭長瘤；乳房的分泌，她懷疑乳癌上身；子宮頸的糜爛，又怕自己罹患了子宮頸癌；胃的不舒適，擔心罹胃癌……。諸如此類，她憂心連連、憂容滿面。

她的情形，有如他人搭飛機怕撞山、坐船怕海難一樣的沒有安全感。數次的求醫，彷如沒事，又猶如有事。當她交代枕邊人後事，日子一天過一天，她活得好好，沒有半點事。日子總要過下去，她告訴自己，不要胡思亂想，但還是愛想。追究原因，不是太閒、就是有一點神經質。

十七、數羊的夜晚

才剛進入甜甜的夢鄉，被屋外吵雜的聲響驚醒。耳朵重聽的他無法入夢，開啟家中的大門，向隔壁鄰居大嚷，控訴他們聲音太大，使他難入夢。

他的隔鄰關掉了洗衣機，吵雜的聲音依舊在，再次關掉總開關，擾人的聲響沒停過。他氣急敗壞地指責隔鄰的聲音太大，害他翻來覆去睡不著，讓他整夜無法入睡。大嗓門地吵著了左鄰右舍，沒有思考自己在怪罪別人的同時，也吵了他人。

檢查了樓層，證實隔鄰沒有吵他，是他自己的按摩器材沒有關掉電源，自己吵自己的結果，連他人也遭殃，無端被罵又睡不了好覺。

幾個年輕人很有風度地諒解了他的不是，結束了一場鬧劇。

不吵人、總是被人吵的我，躺回了床上，數著一隻羊、兩隻羊、三隻羊……。好多好多的羊，數不完……。

十八、停車小心

屋前凹洞的地方，有個三角形的低漥地帶。

多年來，有人跌進去、機車騎士衝下去、轎車駕駛也身陷其中。尤以路況不明的夜晚，更容易出事。

每每有車停在靠近凹洞的地方，我總要雞婆的走出家門，告訴他們注意路況、停車小心。不忍也不願在眼前看到憾事一樁，原本就不是多寬的路，駕駛要格外的小心。

那天，我在屋內聽到高跟鞋的聲音，走到落地門，一位女士已經啟動車子，發現她的車輪在凹處邊緣，我才要踏出家門叫她小心，她的前輪已陷了進去。運氣好的她，在淺淺的地方，不需找人幫忙，一個轉動，順利開走，留下瀝青路面摩擦的痕跡。為她捏一把冷汗，沒事就好。

路況不熟悉的駕駛，停車與駕車，先看清路面。

原載二〇一〇年四月二十六日《浯江副刊》

生活集錦

一、緣分

登陸艇上暈又吐，乘風破浪為前途。少年郎，去台灣，讀得文憑回家鄉，結交紅粉有顏面。

那一年，他高中畢業、赴台升學，沒有飛機，只有船隻。一趟出門，從料羅海灘到高雄碼頭，沿途顛簸。船艙裡的嘔吐物，讓空氣飄散著一股酸味，聞之反胃。

霉味的散佈，躺上了床鋪，很不舒服。他告訴自己，有忍耐才會有前途、有文憑才會有幸福。

到一個陌生的地方，比其他人要更加努力。求學的過程，他虛心學習，也如願拿到了日思夜想的畢業證書。受到上蒼眷顧的他，好運跟著來，異鄉情緣牽，紅顏相伴不孤單。

家中只有一個女兒，被視為掌上明珠的女孩無法跟他回家鄉，她的雙親屬意他入贅家門。幾經思考，故鄉有父母要養，也有親友團，雙親栽培他多年的血汗怎能揮去衣袖，而且當兵在即，不回故里，唯有入伍。

他收拾起行囊，暫別紅顏，如果有緣，他日再見。

回到了家鄉，執起了教鞭，無時無刻都在思念遙遠一方的她。兩地的相思，隨著時光的變幻，無緣人終究無緣。

多年後，各自擁有一個家庭，堪稱幸福美滿。當有一天，她搭乘飛機前來島嶼參訪，人雖無緣，心繫對方，與他見了面，細訴這多年來的情衷。

無緣在一起，但有緣再相見，彼此許下友誼長久遠的心願，不能成夫妻，那就當兄妹。送機的當天，飛機在天空飛得遙遠，他回顧過往，也訴及這一段難能可貴的緣分。

二、眼皮跳、耳朵癢

她很怕眼皮跳、耳朵癢，每每有異樣，一定出狀況。

她除肌膚敏感，與眾不同的第六感也讓她常感不安。眼跳的時間，依時辰區分好壞，她開心於跳躍時的遠客至、喜事至；擔憂於跳得不對時的凶惡與損財。

試過了無數次，比對眼跳的時刻，翻閱了農民曆，好事與壞事不謀而合。她擾攘不安地困擾多時，不知所措為何會如此的預感。

每回，眼皮一跳，逢憂事，她開始坐立不安，很不巧地，連喝水都會嗆著、平路也會跌倒。左耳癢、被人罵；右耳癢、有人唸。一次次地應驗了她的思維，她不知道別人有否如此的感覺。

她是一個不迷信的女人，她總覺得命運掌控在自己手裡。然而，接二連三的發生在她身上的怪異事件，讓她不得不相信冥冥之中有許多因素的存在。

每天清早撕開日曆的同時，她必順勢瀏覽一下「宜」與「忌」的記載，今日何事該為、何事不該為。尤其是犯沖生肖，只要跟親人扯上關係，她一定小心翼翼，要他們隨身攜帶符令保平安。

卜春卦，成了她每年必備的功課，她將一家老小的生辰八字簿，在春節期間，從祖字輩到孫字輩，一個不漏的卜問該年的運勢。逢好運，她眉間露出喜悅的神情；運勢不佳，則面露愁容，彷彿世界的末日就要到來。小則安太歲、大則足跡走遍各廟宇，逢廟即拜、逢神即叩。虔心虔意，就為一家老小順遂平安。

她回憶自己一路走來，曾經要他人破除迷信，不料自己也根深蒂固地相信上面有人。這些，就從她的眼皮跳、耳朵癢開始。

三、注定

任何人都無權利選擇來當誰家的孩子，上蒼已注定每個人這輩子的命運。

父不詳，是她歷經數十年歲月，隱忍心中多時，一觸即疼的傷口。連她的母親也不能給她一個明確的交代，她從不知道身世的秘密。

她在無意間知道了自己的身分，原來真正的父親另有其人，只是任憑她如何追究，仍然無法查個水落石出。

她喊了非親生的男人一聲爸，口中叫嚷數十年，直到結婚前一刻。

不是現任的父親對她不好，而是她心有遺憾，這輩子不明不白的喊他人一聲爹，而不知道自己父親是誰。

隱藏數十年的問號，誠然沒有答案。浮上檯面，更無顏面。出生的家庭不是她自己能掌控的；要當誰家的孩子，這輩子已經注定。雖然她急急追尋，但只有題目、沒有解答。

大人裡的世界，小孩子或許不懂。當有一天長大，發現了許多不對勁的事情，大人不願觸及往日情懷，孩子永遠無法得知前因後果。

對於身世，她有知的權利。她要尋根，不能抹煞了她的權利與心願。也許事過境遷，但她心頭的問號，當母親的該給她一個答案。

四、省思

犯罪的年齡層逐漸下降，充斥暴力與色情的範圍已衝擊校園，成群結黨的青少年，總有一個帶頭走在前端，發號施令如大哥一般。

年紀輕輕耍帥耍酷，呼來同伴成群結黨，吸煙、打電玩、偷竊，樣樣都會。

有天，出了大事，責任家長扛，面不改色不後悔，變本加厲成了邊緣人。有本事叫人跳水，自己沒勇氣往下跳。外表的剽悍，內心空虛，掩不住恐懼的拔腿就跑，誤了人命，也傷了長輩的心。

前車之鑑，無檢討的心。以前奪人命、如今奪貞操，事隔沒多久，故態復萌地毀了女孩聖潔的心。往後的日子，叫受傷的女孩如何面對人群。

他的長輩管不住，任他自毀前程、也毀別人。

闖禍的少年沒有同理心，泯滅了人性。往下紮根的教育究竟在哪裡。禍事的地域，人心惶惶，出入該地方，祈求保平安。

隔代教養有困難，他的父親走得早、他的母親跟人跑。父母教孩子，不一定教得好；祖字輩要教孫，更加的煩惱。

教育孩子規規矩矩，耳朵終究沒有聽進去。小時犯小案、大時犯大案，傷了含辛茹苦一手將他帶大的祖母。老人家涕淚縱橫地泣訴無能為力的苦楚，隱藏在心中的極大負擔，旁人也無力幫忙。

五、左右手

用人要用心。

他當了某單位的主管，拉了他一把，很放心地將所有事務交給他處理。

外型瘦小、長得一臉憨厚的他，要提重物、提不起，倒是有個聰明的腦子；好腦筋不用在正途，沒有吃果子、拜樹頭，趁職務之便，未經上司同意、一手遮天，為自己謀取不當利益。待真相顯現，已事過境遷。

符合條件的人要加入這個單位，能力比他強，他的恐懼與心虛造就了沒有安全感，將他人鄙棄在一方，不得其門而入，就怕搶了他的位置與頭銜。

一路走來，他過得平平順順，有房有鈔票，不是自己有本事，能擁有大筆財富，那是他父母省吃儉用，一分一毫存入了他的帳戶。

日子過得太逍遙，做人也招搖，一個小小的職稱，讓他走路有風，不解內情的人以為他真的當了大官，認為跟他沾上邊，就能有福同享、霸進地盤。

瞞著上司做了不該做的事，小至採購、大至獲獎，以自己為出發點，無所不用其極地讓自己獲益，還沾沾自喜。

好高騖遠的人，在自己的世界裡觀天，閉門造車的短視目光，活在井底之中。多年的假象，終有一天被拆穿。

闖禍的人難逃法網，在一片肅貪的聲浪中，不知道他排在第幾個。這個人小鬼大又無本領的人，平日算計他人，今日栽在自己的手裡。

無辜的上司，給了他一線生機，不料滿足了他的貪婪心態，恩將仇報無人性，傷了彼此的感情。

沒有人情味的他，已經徹底忘記曾經有多少人幫他。當擦身而過時，他竟裝著不認識拉他一把的上司。至於朋友，更別說了。

六、搶年搶節

買東西好像不用錢，你來我往搶搶搶，不是嘴饞，而是拜拜祭祖先。

清明時節雨紛紛，祭祖吃頭為慎終追遠而設。早在清明節前夕，菜市場裡人頭鑽動，擦身而過還會磨過衣裳。

春捲皮的賣家，有規矩的排隊，無紛爭的跡象。肉攤以五花肉最搶手，先訂購，多一層保障。大戶菜農挨家挨戶詢問，當日送達，貨到付款；一般人家直達市場，論斤計兩。

看到了賣豆腐、豆干和豆漿的女士，平日生意平平，這幾日顧客搶買豆干做潤餅菜的需求，大家怕買不到似的，紛紛出手搶購。

我買完了豬肉，朝她這個攤位走去，她已賣完一車，攤位前面空蕩蕩，她讓我先訂購，下一車我第一個擁有。

走到別處買其他，再回到她的攤位，我還是此刻的第一個客人，而她家的小發財車也適時的載來豆腐。才一擺放，婆婆媽媽們已蜂擁而至，一人出一隻手，亂紛紛的攤位沒了先後。

「大家都有，不要搶。」她看著人群出手，邊秤斤兩邊對她們說。

我站在一旁等候，等了許久，開口問她：「我的呢？」

「一車那麼多，妳買得完嗎？」她不屑地說。

在我尚未反駁她的沒有信用之前，一位肉攤老闆娘看不下去地對她說：「人家她第一個訂，妳沒有照順序，應該先拿給她，她已經在這裡等很久了……」

人手一多，挑揀的結果，買得到就算不錯。那位女士將藍色盛裝盒內僅剩的三塊不是很完整的豆干拿給了我。平日一片約十至十二元，此刻三片五十元。

年節什麼都貴，為了需求，買了無話可說。只不過店家的態度，平時與年節的嘴臉，大有天壤之別。

揮別了清明，再次走過，攤位裡的她恢復以前叫賣時的笑靨，「今天買什麼？」

「謝謝，不需要。」我朝著另一個攤位走去，餘光裡有她眼神的追隨。

有錢還怕買不到東西，就算買不到，大不了別吃。

七、隨筆

家裡有需要的東西，喜歡尋覓低於市價的型錄，生日當月或促銷時段，還有優惠。訂購之後的電子發票，廠商總會問上一句：「要捐給創世基金會，還是留給自己。」

我不是一個有偏財運的人，每次核對發票，不是沒中獎，就是中獎兩百塊。我想，將發票藉由他人之手，或許機會更多。於是，回覆客服人員，直接捐出，爾後也是。

憑良心講，要我捐現金，小額做得下去；基於經濟負擔，大筆有些困難，這種捐發票的舉手之勞，我非常樂意。更希望能以此中獎，幫那些弱勢族群。

從大女兒唸書到小兒子求學，每次家長委員的選舉，另一半幾乎都中獎。這除了他的熱心、配合度高，也是人緣的寫照。但這一來，我們口袋掏了掏，掏出了孩子的學雜費和家長委員的捐款，開學階段，常出現捉襟見肘的現象。有時候我會想，如果中一筆發票，就能應付這一些開銷，該有多好。

今年四月，我沒有帶大兒子赴台體驗領獎的感受，他的作文入圍第十五屆萬家香「溫馨家園」童言童畫比賽，主辦單位來了邀請函，基於諸多考量，請他們將獎項寄來。以前大女兒赴台比賽與領獎，我們全家陪；現在輪到大兒子，我只能說抱歉。在二女兒縣優秀兒童表揚的會場，做父母的陪同到場、合影留念，分享了喜悅。在現場，我不斷思索著對大兒子的不公平，回家以後的晚餐時刻，要他繼續加油，下次再獲獎，一定排除萬難地帶他赴台。

孩子表現不好，心裡有負擔；孩子表現好，經濟有負擔。我們無法給他們最好的生活品質，但在能力範圍內，鼓勵他們習得一技之長。百年之後無能留錢給他們，只能留給他們謀生的技能。

八、閃大燈

寬廣筆直的大馬路，來車閃大燈，已經好久不見這種現象。

以前警方抓得兇，路口臨檢要小心，車速過快要罰鍰。

前方來車閃大燈，你閃我、我閃他，一路上大燈閃爍，蔚為奇觀，也表現了島嶼的人情味。這種互傳訊息的情形在馬路上持續了好幾年，近來已經很少見。由路口的監視器取代了人力，路上少了許多抓堵交通違規的警力。這天，似曾相似的畫面，重溫了人情味的溫馨，在一條長長的道路，來車閃了個大燈，心照不宣地、大家都知道前面有狀況，小心！警察就在你前面。

對於開車如龜速的另一半，常有認識他的親友，或在路上、或見面，總玩笑他要比他人早起床，這樣駕車上班會遲到。甚或直接搖下車窗喊道：「你是龜在爬呀？」

另一半可是標準的優良駕駛，不超速、不闖紅燈，但這樣守規矩，也會遇到倒楣的事，自己不撞人，也會被人撞。

馬路如虎口，十次車禍九次快，就算趕搭飛機，也不要那麼心急，今日搭不上，明日再來。路上少閃大燈也好，守法的駕駛本來就沒事；要飆車，讓警方取締一下下，多一些業績也不錯。

九、燕子來了

今年的燕子來得特別早，清明前夕來報到，那一身格外醒目、黑白相間的羽毛在天空中飛繞來去，尋覓住的地方。

多年來，我家騎樓龍邊處的燕巢迎新送舊，不知住過多少隻燕子。「來時不及清明，去時不及中元」，但今年異常地來得特別早。

保存了燕巢，期待牠們年年報到。每回牠們到來，總要在舊巢上頭再築數圈新土圍繞，才能安心的住下來。當牠們臀部往外翹，使勁一拉，排泄物掉落在地上的磁磚，如不馬上清洗，經過風吹日曬，結成硬塊，清理麻煩、更礙觀瞻。

每天一早，習慣清理牠們的排泄物。有天，天氣差、心情也欠佳，洗得很不甘願，抬頭對牠們說：「要放屎去一個地方，輕鬆三兩天都不行，給你們住，手那麼痠還幫你們洗糞便。」

說也奇怪，三天，就那麼三天，地上無泄物，也無牠們含來的泥土。

我才鬆了一口氣，讚嘆牠們真有靈性，聽得懂人話，這般能溝通。才一抬頭，又看到了黑白相間的臀部往外翹……

十、神經壞

要死了，整個晚上牙痛得「哀爸叫母」，像在「埋喪」一樣。

牙疼了兩個多月，左邊疼痛用右邊吃飯，隱隱作痛、能忍則忍，忍到受不了，再找牙醫來治療。

找了離家比較近的一家診所，之所以會找上，原因無他，只為還人情而來。有天全家出門，我暈了車，大女兒遞上一片薄荷口香糖，我將它含在口中咀嚼，突然牙套一陣鬆動，被口香糖黏了起來。走在街上很不舒服，舌頭總是不經意的要去舔它。

當我走到一家牙醫診所前面，門半掩，我先是探頭看，裡面有護理人員，還有一位病患正在接受治療。我很自然地走了進去，櫃檯告訴我，整修內部、停診數天。

看看腕錶，此時此刻到哪裡找牙醫，我將牙套剛掉落，不黏上去不舒服的感覺告訴櫃檯，請醫生通融，只要一下下時間。

醫生將眼光投向我，隨即告知櫃檯負責掛號的小姐，先拿押金五百，掛號改天再來。他將另一位病人暫且擱下，先行處理我的牙套問題，邊告訴我，這幾日休診、電腦沒有開、旁邊那位是他的親人。並且說改天幫我好好的檢查牙齒，又很客氣的送我出來。

為了拿回五百塊，我在約定時間抵達診所，掛了號，取回了押金。醫生跟我約九點，但叫號小姐先行叫她熟識的阿兵哥。醫生在裡頭看到了我，守時守信的以我為優先。

就因為第一次給方便、第二次被尊重的感覺，當我牙齒非常難過的時候，雖然我不知道他的醫術如何，但我仍然選擇幫他衝業績。當時的心態與其讓牙齒在家裡痛死，不如去碰運氣，就算被整死，大不了最後拔掉牙齒。

很不巧的，他的人情我沒有還到，倒是受了一肚子氣回家。看診的那天，進了診間，才知他休假，我又找了另一位陌生的牙醫師看診。當告知牙痛難忍時，那位牙醫先是問我有沒有用抗過敏牙膏，疼痛的原因如不是過敏牙齒就是牙周病造成，他要先幫我洗牙，至於疼痛的部份再觀察。

洗牙之後，他說我有牙周病，要預約時間，一口牙齒分四次洗。這與我當時的訴求有所出入，於是沒有和他約時間，回家繼續「觀察」疼痛牙齒。

隔晚，牙痛得想跳樓，縮著身子哭天搶地，外頭又下著大雨，三更半夜到哪裡找牙醫。吃了止痛藥，好不容易捱到天亮，不會開車就是麻煩，等到另一半開完會，載我去看醫。

好想到佛廳擲筊，問過神明哪一家好，我已經痛得受不了。尚未問神先問人，友人提議到一家有三D電腦斷層掃瞄的診所，立體全口檢查，只需十四秒即可完成的低劑量輻射，診斷也比較精準。都已經走到這個地步，那就試試看吧。

造價七十萬，罕見的儀器在我面前清晰的看到我牙齒的狀況，沒有牙周病，牙齒刷得很乾淨，只有壞神經。不痛則已、一痛驚人的牙疼，痛得連看診的醫生都感覺到我的痛。

他確定我沒懷孕，幫我上了麻藥，又讓我服了一顆強效止痛的藥丸，說明多次治療後，將來做牙套。

陪我上門求診的另一半才剛開口，被眼尖的醫生看到大門牙的牙套已有黑色的跡象，隨即找了專人介紹診所內牙冠的種類及特性和價錢。目前最好的三D齒雕，回饋價為每顆兩萬，這包括瓷牙與鑄造釘，保存期限五年、甚或一輩子。

當我看完診，回到了休息區，盯著價目表，想選擇最便宜的普通金屬，每顆約為五千五百元，但看了簡介內容好像不太理想。另一半提議鈦合金，每顆八千五百元，這已是價目表裡倒數第二便宜的。

根管治療需要一段時間，做牙套也勢在必行，怕死了牙醫，更怕花錢。

預約的當日，診所來電提醒時間。我提早到達，也提前看診。打了麻醉，根管治療，扎了三根細針，照了數張電腦斷層片，嘴巴張得好大又好痠。

當根管治療完畢，在牙根內打釘子、以利支撐，印模後再將牙冠套上去。裝一顆牙冠的單價，瓷牙六千元，鑄造釘以玻璃纖維釘每根兩千元計價，花了八千元，給自己一個新的門面，也為咀嚼方便。

印模後的隔天夜晚即通知可裝牙套，我於第三天前往，正慶幸治療告一段落、可以畢業了。返家後攬鏡自照這顆新牙齒，一顆雀躍的心失落了起來，我做的是鈦合金、瓷牙的顏色，靠近牙齦的地方卻有一小截金屬的顏色，牙齒邊緣形成了不完美，看起來無法像自然牙一樣。

上網查詢，知道了情形，但錢已花，又能如何？

十一、祖孫情

公嬤疼孫博感情，內孫帶完帶外孫。

眾阿嬤沒完沒了的經驗，現在看別人，以後看自己。有天自己升格當阿嬤，應該也會有這樣的場景。

休息了一、二十年清幽不用帶孩子，隨著雙薪家庭的興起，找保母要薪資，又不一定視如己出。年輕人一旦成家，有了下一代，母親與岳母是第一考慮的對象。健康情形許可，大都不會拒絕，而成就了年輕時候帶孩子、年老時候帶孫子的畫面。

現代的雙薪家庭，夫妻同上班，合而為一的薪餉未必比得上以前一人上班的薪水。表面看來，同進同出的上班家族，雖然打扮得光鮮亮麗，也要看他們領什麼薪水、上什麼班。

父母不忍心兒女養不飽孫子女，又乏人照料，一手代勞。又開始了餵牛奶、包尿褲的把屎把尿的歲月，一刻也不得閒。

別人當保母，一個月一、兩萬；他們分文不取、反而倒貼。零零星星的開銷，將往日辛苦的血汗錢投資在他們的身上。

隨著學齡上幼稚園，完成了階段性的任務，將孩子交到他們父母的手上。揮別了照顧的日子，淚眼汪汪地不捨分離。

寒暑假，懂事的孩子不遠千里迢迢地回到阿嬤的身邊，在阿嬤的懷裡撒嬌。只見佈滿白髮、剛染上一頭黑髮的阿嬤，拾起了梳子，梳著孫女的長髮，顫抖的手慢慢地編織，編出一條條馬尾，在髮梢繫上蝴蝶結，一切彷如回到從前。

十二、五月新娘

即將在五月結婚的新嫁娘，第一次見面，她喊我一聲大嫂，臉上盪漾著幸福的微笑。

她的男友來自後方、服務前線，兩人就要告別單身，步入紅毯。她問我，台灣男孩娶金門女孩，真的要在金門住上十年嗎？

我先問她，男友與她組織家庭，是不是在島嶼置產、將根留在金門。她給了我肯定的答案。回覆於她，在金門居住十年，那是古老的傳說。以前島嶼軍隊多，台金兩地、連絡困難，阿兵哥來到前線，認識女紅妝；女方父母擔憂女兒出狀況，為了長久遠、幸福做打算，而要求將根留下。

現代人自由戀愛，兩地方便來去，去與留，男女雙方自己決定。而我們金門男孩赴台工作、交了女友，當論及婚嫁時，也有許多人留在台灣，在那兒置產，一輩子、甚或好幾代永留傳。

當她告訴我，她是我的忠實讀者，希望我在作品裡將外地人對島嶼的誤解、做一個澄清、以正視聽時，我欣然答應。

無論台灣人住金門或是金門人住台灣，只要兩人幸福，旁人都應該給予祝福。

五月新娘決定定居在金門，人口外流的今天，又多了一個人入住島嶼，這不是鴨霸的作風，而是情繫金門的作為。

十三、心境

返台數月，回金相見，剛遭逢喪子之痛的她，豁達的心胸，已看開一切。

她的母親過世八年，吃齋對她已成習慣，阿彌陀佛常掛她嘴邊。家裡整修一處地方當佛堂，清靜修煉，消災解厄、祈求平安。現在看她有如大師樣，剪短的頭髮如出家。以前，她應邀到別處當義工；將來，她在家修行，不受干擾的空間是她所追求。

曾經是高高在上的長官，不苟言笑的嚴謹作風，在單位裡得罪了不少人，許多部屬批為人間煉獄的所在。然而她的處世態度，另一方面亦激發了下屬的責任感。

退休之後，虔心習佛，經歷了多次人生緊要的關卡，步步逼近了她的生死關。她沒有一絲的退卻，倒是泰然自若的迎接。

人生最痛楚的經歷莫過於生離死別，母親與兒子的相繼離去，她難過，但勇於面對這椎心的刺痛。熱心助人的孩子一夕之間天人永隔，她將這股悲痛化為人間愛的力量，投入更多的心血服務人群。

留下手機號碼、邀約她家作客。多次邀約未成行，待她家整修完工，再走一趟參觀，順便尋找靈感。

十四、思念

妯娌好情感，人間少見。

嫂子心肌梗塞、撒手人寰；她悲痛異常，不想吃飯。

她紅著眼眶說她的嫂嫂已過往，每天相見的人，突然不見心情慌，影子恍如眼前晃。她陪伴生病多時的嫂子，兩人之間沒有祕密地情如姐妹。突然間的心肌梗塞讓她措手不及。從生的陪伴到死的送行，放下手邊的一切，不管菜園壞、也不管客人跑。人已走遠，不再回世間，她悵然淚下於妯娌的緣淺。世間能談心的有幾人，尤其是同住一屋簷下能有福同享、有難同當的妯娌更是難上難。

她拭去眼角的淚水，抬頭問我：「不知道我還會想念她多久，每天不能吃睡，也無心工作，想到就難過。」

「妳們感情這麼好，應該是一輩子思念吧。只是她在天上一定不願意看妳這樣，茶飯不思。」我說。

她盯了我一會兒，「妳長得這麼清秀，看起來就是凡事不愁、很好命的樣子……」

她不知道我花了好長一段時間，才走出層疊纏繞在我身上的夢魘。不告訴她這些不快樂的過往，就讓她的腦海留存著「好命女人」的印象。

十五、保溫

層層疊疊的報紙包裹著一個紙盒便當，那是小吃店老闆娘巧思的保溫效果。

阿兵哥吃多了營區的大鍋飯，難得外出一趟，不鑽一趟雜貨店，彷如對不起自己一樣。

許多阿兵哥愛上了小吃店老闆娘的炒泡麵與炒飯，以前營區外頭喊，如今電話嚷。點什麼，一通電話送到營區外，一手交貨、一手取錢真方便。

靠勞力賺錢的兩隻腳，數年走在羊腸小道，三餐吃飯沒有按時間，早起晚睡傷了身體。現在年紀稍長，病痛襲身，以往的辛勞耕耘，今日累積成病。

營區依舊在，阿兵哥逐年減少，這間從年少經營的小吃店，是老闆娘的精神食糧，她抱著閒閒坐，不如加減做的心情，繼續經營。阿兵哥與附近工人時常點店裡的招牌炒飯與炒麵，尚有大滷麵。氣候寒冷，老闆娘會在紙餐盒外頭包裹一層厚厚的報紙保暖，她說這樣有保溫效果。阿兵哥千萬個感恩，不必擔憂冷天候吃到冷便當。

十六、驚悚

路上常見的驚悚畫面，貓狗的倒於地面，血淋淋一片。腦海存留的畫面，咖啡色的貓在中央公路死於非命的開腸剖肚，腸子外流，陽光曝曬。野貓野狗無人管，山中的鳥雀也遭殃，三不五時眼前閃，駕駛車輛防不勝防。

路口裝上了紅綠燈，還是有車輛橫衝直撞，就算急著去投胎，自己去就好，千萬別找伴。

古屋的屋瓦遇上大風雨，咻的一聲掉滿地，行人不安全，也波及了靠邊停的車輛。有屋有主人，不修復，任它荒廢沒有道德觀。

沒有父親的孩子很可憐，從小讓人養，寄人籬下很心酸。戀童癖的男人將他擁入懷裡，親遍了他的身體，最後由口袋掏出一百元給他買零食。男人剛走，孩童的錢被撫養他的人沒收。取走一百元的男人只給了孩童十塊錢。

十二歲的孩童會聽不會說，他的祖母不知他為什麼。出生之後長相帥、非常地可愛。隨著年齡漸長，頭顱越來越大，頭大身體小，聽得懂人話，自己心思卻無法表達。截至目前醫不好，他的祖母求神問菩薩，更不知孫兒的未來該怎辦。

耳朵重聽，難過了父親。父子間以手語溝通，耐心陪他走過春夏秋冬。但父親會老、兒子會大，已二十幾歲的兒子依舊身體壞，父親擔憂他將來何去何從心情差。

一輛重型機車從一對年輕夫妻眼前掠過，駕駛一個不慎，人傾斜、車倒地。擁有大學程度的先生與高中學歷的妻子一陣訕笑，指著落難的駕駛，「摔倒了，摔倒了，哈哈！」倒是沒唸過什麼書的阿嫂上前關心。

十七、筆下留情

懇託筆下留情，勿將實情透露，讓我敲鍵盤的手為之難過。

聊天的時候，天南地北扯不盡、道不完，但前提別上報，這很令我左右為難。

「跟她講話要小心」、「在她面前別開口」……，三姑六婆閒話多，躲我像躲鬼。什麼時候，我像瘟疫一樣？

勁爆的內幕、辛辣的話題，島嶼人已跳脫以往的靦腆，敢訴之陽光。但奇怪的現象，說話的當事人，大致願意說說，不願曝光。

基於隱私，聽聽就算。但涉及許多不法的情事，爆料者常常要求勿披露，免惹禍上身、頭路不保。

我常常在想，當良民是應該，但心中有怨就要說出來。只在台下講、不敢浮出檯面，只會製造更多的事端，徒留口水乾。

當了多年忠實的聽眾，來自各方的言談，當傾聽之後，無論歡喜與哀怨，總將它躍入指間輕彈。近來發現，越來越多的人私下多爆料，但前提別上報，就怕飯碗不保。

寫作寫到要筆下留情的地步，我究竟是成功還是失敗、是進步還是退步？

沒有讀者，作者活不久。成全了他人的要求，只能聽不能寫，少賺了許多的稿費。

十八、驚喜

同一天，先是接到文化局的九十九年贊助地方文獻出版申請過關，第五本書《浯島組曲》的經費有著落，不必花到口袋的錢，雀躍萬分。

再是中午進入了一家餐飲店吃那排骨酥麵，雙腳剛踏入，看到老闆娘與一位外型朝氣又有活力的女人竊竊私語，還在紙上不知寫些什麼東西。神祕的氣息，讓我有些難為情。

老闆娘朝我走來，「我不敢說太大聲，所以用寫的，剛才告訴表妹說妳常在副刊寫文章，就是那個……」

她介紹了二十年前也在副刊發表作品、年紀大我十歲的藝術家表妹，讓我們彼此認識。她的表妹由皮夾取出一張名片，長年旅居台灣的她育有一子，為了追尋夢想，一人遠赴廈門習醫。

趕赴水頭碼頭搭船的她跟我要了電話號碼。常常他人遞名片給我時，我沒有名片回敬，場面有些尷尬，原想拿另一半的給她，上頭有家中的地址和電話。她已備妥紙筆，堅持要我親筆書寫。然後背起背包，瀟灑地搭公車，準備到水頭碼頭搭船至對岸，繼續圓她的中醫夢。

回到家中，電話那頭傳來已幾乎遺忘的聲音，二十年前服務西洪的某公司小開，小三通去大陸，在搭機返台，臨登機前來電問候，「好久不見，來到金門就想到了妳，撥一通電話跟妳問候……」

二十年前他也曾在正氣副刊發表過作品，富裕的家世沒有讓他成為紈袴子弟，力爭上游完成學業，也發揚光大了事業。

十九、傳說

古屋無人敢居住，她不信邪入住，一家平安幸福。

交往複雜的女孩，讓人打翻了醋罈子，一顆手榴彈，枉死兩條命。從此夜夜鬼魂遊蹤，人見人怕地搬離該處。

她的家中蓋新屋，無住處，向王爺借住該間古屋棲身。舉家暫遷入，白晝平安、晚上也沒事。該燒香就燒香、該拜佛就拜佛，她慈悲為懷，鬼魂離她遙遠。

數十年過去了，她早已新廈落成，遷入新居，那棟古屋依然無人敢入，空蕩蕩地連路過的人都起了雞皮疙瘩。

在一片古屋翻新的浪潮中，無論是兄弟鬩牆、屋瓦散落，或另有他因，均大肆土木，興建起現代建築。惟獨這一棟古屋，眾說紛紜，但無人動它。

二十、生死

喪家的東西不能吃，沒那麼嚴重啦！

時間分分秒秒的過去，生生死死也不斷的進行中，這是大自然的定律。有生就有死，哪個人不必走這條路？

家裡有人過世，已經呼天搶地，哀愁的氣氛籠罩家園。此時，如果有哪個不長眼的哪壺不開提哪壺，肯定讓人心裡不舒服。

她喜歡東家長、西家短的八卦，但哪戶人家出現靈堂的畫面，她嚇得不敢前往，就怕自己遭殃，連喪家的東西也不敢沾。

生死的劇碼不斷上演，每個人的處事態度大不同。我就曾經在街上看到一戶商家，高壽的母親在彌留之際，將她移到客廳龍邊處，身軀蓋上蓮花被，未將鐵捲門拉下，也未做任何遮掩的動作，不理會風俗中的此刻不宜見光，也未體會路人的感受。來來去去的路人怎麼可能視而不見，議論紛紛地指責他們沒有道德觀。

戴孝的黑衣服一穿就是一年，隨著觀念更新，以樸素顏色取代。有的人看見黑衣就閃，實在好笑。諸不知現代的許多年輕人，偏愛黑色系，一年四季不變的黑衣，趕流行。縱然老人家有意見：「我還沒死，穿得黑壓壓。」年輕人也會回嗆：「只要我喜歡，有什麼不可以。」

原載二〇一〇年五月二十七日《浯江副刊》

俗事一覽

一、神情味

人間人情味，神間神情味。

民間慶典，乩身不可少，多了他們很熱鬧。

乩身數年，代替神明發言，突然身體不適，送入醫院。

適逢村里慶典，人在醫院靜養的他不能前往。當神明巡安遶境，家戶在門口擺上香案桌，浩浩蕩蕩的隊伍經過，人手三炷香，祈求五穀豐收、闔家平安、子孫都康健。

乩童走前面，神轎諸神跟後面，鎮五方，合境都平安。

伴隨鑼鼓喧天，熱鬧非凡。眾神明，巡安遶境。萬頭鑽動的善男信女虔誠膜拜。當長長一列的隊伍經過病體微恙的乩身家門口時，蜂擁而至地將手上的三炷香插在他家門口香案桌上的香爐上，香爐滿滿地香煙繚繞，令人嘖嘖稱奇於神界的神情味。

神明之間的重情重義，天上真的有溫情。而人間的溫馨不是到處都有，因人而異的深淺人情味，甚或沒有。在勾心鬥角的今日，看到神界之間的相互呵護，身為人們，自該有一番省思。

有事問神明，起乩說分明；乩童傳旨意，筆生解詳情。相輔相成的搭配得宜，為人間俗事困擾的善男信女一解迷津。

島嶼的寺廟之多，幾乎有廟宇就有足跡，這是人們的心靈寄託。當奠安、作醮的慶典舉行，場面更是熱鬧，擺三牲、粿粽，請戲班、還願，還有諸多信眾的添緣。有些廟方還會準備隨身金牌與平安符供信眾索取，佩帶身上保平安、也心安。

當添緣的芳名與金額張貼於看板，路過的人總會停下腳步看一眼。誠意的捐獻，沒有金額的限制，多寡隨緣，更不勉強。

至於有燒香有保佑的思維，還不如多存一些善念。心誠則靈，縱然未帶任何供品，哪怕只是雙手合十，神明也不會苛責於你的小氣。

人間多存善行，神界自有神愛。

二、一把黑土

友人將車停在一座車庫旁，不佔空間、亦不妨礙其它車輛。

某天，他欲牽車，突然發現車身佈滿黑泥，明眼人一看便知這舉動出自幼稚無知的人手裡。

這把剛從水溝裡邊扒出來的黑泥「黏滴滴」，緊黏車身，他費了一番功夫清理，才讓愛車恢復原貌，他招誰惹誰了？

「手賤」的人就是愛作怪，有事沒事搞破壞。黏答答的黑泥夾雜暗灰色的落葉，使勁一丟，毀了車子的外觀，傷了人際的關係，更腐蝕了道德良心。

我們也有過類似的經驗，清晨起床，汽車的排氣管被塞滿了雜草、信箱裝滿了石子；他人更扯地連停放在自家屋外的機車，都會被順手牽羊；鄰人每日運動暖身、擺在屋外腳踏車菜籃上的籃球，也不翼而飛。更有甚者，擋風玻璃被砸、車身毀壞、輪胎被刺，治安腐壞到這種地步，人人自危。

不良的示範，報應終究在身上。天上有神、地上有人，終逃不過天網的追蹤。遇見不順眼的事物，心態不平衡地想搞破壞；看到喜歡的東西，擋不住誘惑而順手牽羊，終有失風被捕的一天。

非分的貪婪，無助於精神昇華，倒是助長道德淪喪。而從小處看大處，小鼻子小眼睛的人難成氣候。是要放他做大，還是要給他一點顏色瞧瞧？

三、遺憾

做夢也沒想到，他會帶著遺憾離開人間。

育有多名子女，各個成家立業，惟獨么女沒有歸宿，他等不及看她披婚紗，就撒手歸去，留下遺憾在心間。

陰陽隔兩地，習俗裡的牽亡魂、會親人，見了他一面，依序先由公媽出來講，再輪他來說近況。見到了女兒心頭傷，無言哽咽柔腸斷。

他的咳嗽連連，住的地方冷，要子孫張羅厚衣裳保暖。已當阿祖，居家第七層，丫鬟隨侍在旁。生前罹病，往生後的他，告訴家人病體已好轉，幸蒙觀音座前方，使他軀體輕鬆，精神也愉快。

見到了親人，淚眼汪汪，談及人生在世，海派處事，走了獨留淒涼。亦慨歎責任未了，未能親眼目睹兒女的圓滿，令他遺憾。

後代燒給他的紙錢，他節儉，不亂用，將它們拿來陰間做公關，請好兄弟多包涵，讓他的子孫好過關，通行無阻走人間，一帆風順無阻擋。

他又啜泣了，女兒未嫁，他難過也憂愁，陽間疼惜於這顆掌上明珠，陰間也常掛念，要她找對象，美滿姻緣多篩選。

日思夜念的女兒終如願地步入紅毯，也有了愛的結晶。再次「牽三姑」，他端詳這個從未謀面的女婿，欣慰地點點頭，不再哭泣。

四、養兒

親生父母沒養他，養父母將他拉拔長大。

跪乳之恩、感念之心在他的字典裡找不到，早已忘了沒昨日、哪有今朝。

「不孝有三、無後為大」乃古之明訓。夫妻育有多名女兒，少了站著會灑尿的男兒，覺得愧對祖先，收養一兒。

日子一天一天過，有女初長成，潑出去的水感念父母恩，與俗稱「半子」的女婿隨侍左右，孝順之心不輸男兒。

養老鼠、咬布袋，婚後的養子已忘卻來時路，不顧念養育之恩、栽培之情，神不知、鬼不覺地在一夕之間，將養父母的財產佔為己有，全部過戶到自己的名下。

夫妻有正當的職業，日子很好過，但貪得無厭毀了人格。而養兒防老在他身上看不到，只瞧見了大逆不道。

在現今法律，女兒一樣可以分得父母的財產，尤其數十年如一日的盡孝道，屬於她的東西，任何人無權剝奪，除非她自己選擇放棄。

棄養，是多麼可怕的字眼。對於養育之恩，視而不見、聽而不聞，養兒如此，人神共憤。縱然讓他得到全世界，也不會有好下場。有樣學樣的下一代，將成為他身上的縮影。

真實世界裡，貼心的女兒、孝順的女婿就已足夠。至於沒有血緣關係的養兒如此駭人的作為，不可饒恕的罪過，真是白養了。

養父母病的病、老的老，一大諷刺的養兒防老，早知今日，當初不養也罷。

浪費那麼多的米糧、花費那麼多的資源，還不如去賑災，至少人家還記得你的好。或者，養一條小狗，見了主人，還會搖尾巴。

五、形象

完美形象的女人無論出現在哪個地方，都會引起一陣騷動。

頂尖的家世與學識讓她一路走來都是坦途，順利地要風得風、要雨得雨。

佛要金裝、人要衣裳，她的一身行頭都是上選，老遠就看到她的亮。不同的場合，搭襯合宜，總令人嘖嘖稱奇於她的與眾不同。

她的高度消費與享受，出門有專門駕駛，購物有隨從提東西，儼然一付「貴夫人」的姿態，多少女人都想與她沾上邊，就算跟隨屁股後面，至少也能神氣活現一番。

全身上下「做」出來的結果，隨著歲月催人老，時光已不再，先前美麗的形象盡毀壞。

起起落落的人生，以前許多人捧她，現在做什麼，都要跟人照排隊，淺嘗平凡人的滋味。

頭腦虛幻、追求浪漫，當美人遲暮、鮮花凋敝，容顏與舉止不比從前，任誰都會離得遙遠。

亮眼的過去，阿諛奉承的多，沒有知己。當鳥獸散的時刻，已沒有了吹捧的嘴臉，此時，當個平凡人較自在。

六、窩心禮

每年的母親節，已成習慣地走了婆家、又走娘家，獻上一份貼心禮。自從母親走後，總覺缺少了什麼，一顆心就是快樂不起來。不願讓身旁的人感染這份抑鬱情懷，強顏歡笑得辛苦。不想去參加有關母親節的種種活動，那種觸景傷情的苦楚唯有自己心裡最清楚。

今年很意外地收了許多康乃馨，挑選了兩束送給婆婆。當我們的車子抵達平林里公所前的廣場，婆婆正與其他鄉親圍坐，大兒子與小兒子手捧康乃馨，飛奔而至。溫馨的一刻，獻上滿滿的祝福：「阿嬤，母親節快樂！」

婆婆笑瞇瞇地接過，四周揚起熱情的掌聲，一陣喝采。接著挽著愛孫的手，「跟阿嬤回家！」

百感交集地帶著孩子們走在街上，回味以前和母親同走在路上的畫面，我始終無法跳脫出腦海與心際間的那一份眷念與苦楚。

電話聲的響起，打斷了我的思緒。發話的那頭，問明我們的去向，十分鐘在原地會面。當轎車緩緩駛來，滿座的一車姐妹，獻上親手製作的康乃馨，齊聲地「母親節快樂！」

突如其來的驚喜，手上正牽著孩子的手逛街的我，也來個「大家都快樂！」這個懂得情調的美麗小女人，總是出其不意地給人驚喜，平日腰酸背痛的我，從她手中接獲了「多功能伸縮按摩棒」，外型酷似髮梳的按摩棒，在身上適度敲打、刺激穴道，有助健康。

許久未見手工花，姐妹們花了許多時間和精神，製作而成的康乃馨，看來格外親切，綠色的枝葉襯著紫色的花瓣，以細鐵絲定型，花雖無生命，人卻有感情。儘管姐妹們謙虛地說，做得不好看，我卻覺得意義很深遠，她們投注了心血在裡面，動腦思考、動手剪裁，用心看得見。

重要的節日，她帶領著姐姐妹妹們在車站「傳馨花」，祝福每位婆婆與媽媽。當人手一束康乃馨，走在街上，一片花海顯得更溫馨。

七、祝妳好「孕」

結婚多年沒消息，急壞婆婆探原因。

不要責怪女人的肚皮不爭氣，男人也要探究竟。

她面帶憂容、神情鬱悶地說，已經走入紅毯好多年，肚子沒消息，熱情的丈夫已有轉淡的趨向，長輩更是對她翻白眼，她的心裡不好受，有苦無處說。

憂心如焚於丈夫會到外面包二奶，他日帶個娃兒回家，喊她一聲媽，她的地位不保，正宮變側妃。

男人要偷腥，總有千萬個理由，不孕只是藉口。要她放輕鬆，尋求助孕的捷徑，並以過來人求子的經驗，與她分享。

現代人的壓力大，要孕也要運，有這個緣份，該來的總會來；倘若無緣，就算燒盡好香、求遍神仙也枉然。

哭，是一定會。她愁眉不展地、沒有朝氣與活力，為什麼不想生育的女人，偏偏懷孕一個又一個，甚至還要墮胎，拿掉小生命。而她望穿每個春夏秋冬，渴盼孩子的來臨，總是一次又一次的失望。

面臨即將失去了的婚姻，她有種保不住的預感。多年熟悉丈夫的身體，不熟悉他的心。沒有小孩，不是她的錯，她也很難過。

嫁給獨子而沒小孩的大有人在，他們同樣的處境，但不同心情。在他們兩人婚姻世界裡，找到了平衡點，過得消遙又自在。

有小孩，不一定絆得住婚姻；沒小孩，婚姻也不一定會撕裂。至於是否走入歷史，端看兩造的心情。既然決定攜手共度，又為何不白首偕老？

不敢保證一定有效的「生子偏方」試試看。

八、背景

家庭背景不錯，生活也算優渥的男孩交往了與他家境有些出入的女孩為友，這段友誼如何維繫？

郎有情、妹有意，交往之後成夫妻。兩人年齡輕，相互依賴好性情。男愛女、女愛男，依偎到永遠。

尚在交往階段，男孩呵護女孩，女孩多所依賴。然而身家背景的不同，女孩來自一個貧苦的家庭，男孩則有一個富裕的家境，雙方均有長輩，只要有一方家長反對，再甜蜜的戀情也會告吹。

講求門當戶對，與其娶個不懂事的媳婦入門，婆婆「老歹命」的侍候，不如迎接懂禮數的女孩進門。上一代的觀念，影響下一代的幸福，該捨棄事過境遷的門當戶對之說。更何況娶妻在娶賢德，能夠相夫教子、相互扶持一輩子的才能久遠，亦是最佳人選。

窮人家的孩子反而知進退、懂禮儀。身為長輩，該給年輕人一線機會，尊重他們的抉擇。終究，這是他們的選擇。

不被看好的未來，不表示完全沒機會，先過了男方的「父母關」，以誠心打動鐵石心。孩子正常的交往，做父母的倘若有所阻撓，不但攪亂了一樁姻緣，也阻斷了父子情緣。

九、身後

身後事，不能不管。當身體亮起紅燈，對於歸向，有人交代清楚，亦有人選擇不聞不問，交給活人處理。

民情風俗太繁瑣，年輕人認識不多。家裡有人往生，急急忙忙不知所措。

夫妻一前一後的離開，丈夫知道自己沒未來，交代妻兒後事處理該有的細節。妻兒照辦，功德圓滿。

妻子無預警地隨後離開，未交代隻字片語，孩子們無所適從，幸有旁人幫忙，也留下諸多困惑。

他人問我，對於後事有何規劃？這種犯忌諱的話題，很多人聞及色變，好像有了今日就沒明日、遺言交代完畢就要上路一樣；我倒一派輕鬆地回應，已經交代好了，隨時做好「見祖公」的準備，不強求遊戲人生。

我很清楚地告訴家人，如果有一天走了，大家不要太難過，這是人生必經過程，也算是「功德圓滿」。後事簡單處理，殯儀館火化，隨即將骨灰罈安置廟宇，別讓後代子孫在忙於生活瑣碎之外，掃墓拜祭日，多辛苦。

陽間我喜歡清靜，陰間也喜歡幽靜，凡事簡單就好。

逢知己，珍惜得來不易的友誼。當好友送我一張「遺照」，嚴肅地說，如果有天他走了，千萬別落淚，可能的話，會將後事交代我處理，將他的骨灰灑入大海，他要逍遙自在。

我立即回應，很榮幸為他服務。我曾到過海邊玩過沙，就是沒有灑過灰，這輩子還沒做過這種事，而難忘的經驗有幾個人接觸過？不知道此種感覺和小時候在「灶腳」所觸碰的柴火灰燼有啥不同？很當真地將他的「遺言」記在心上，「遺照」隨帶身邊，就怕有個萬一。而當我頭昏眼花、頭痛欲裂的時候，我則告訴他，千怪萬怪，別怪我不守信用，如果先走一步，除對不起他的請託，也要託他協助家人、將我打扮美美地送我一程。

我們剪刀石頭布，誰也沒贏輸。哈拉的結論，不能同年同月同日生，那就同年同月同日死。

十、食髓知味

開車出門的男人，在路上突被機車撞，下車察看雙方無損傷，看見對方是學生，長輩的風範、掏了鈔票壓驚於對方。原本善心的舉動，在沒有影像的地段，卻惹來得寸進尺的軟土深挖。

身為學生，沒有單純的心思，倒有複雜的情緒，趁機敲一筆，是他目的的所在。

發生事故，好心人總被壞心人傷害。民風的淳樸，早已不在，取代的是上演「催債」的劇碼。

政府錢淹腳目，一椿椿的建設，耗費鉅資，結果未盡人意。土地的開挖、道路的鋪設，還有其它的興建，錢一筆一筆的出去，但收穫不成正比。納稅人的辛苦，希望血汗錢花在刀口。

路口的監視系統應該普遍，優質的國民不必擔心被盯，倒是心術不正的人更有警惕作用。多少沒有「證據畫面」的地點，出了事，公說公有理、婆說婆有理，但真理終究只有一個。只是，在現今脫軌的社會，許多人吃了悶虧，也只有自認倒楣。

單純的人總被複雜的人所傷，那種蒙受其害、又束手無策的驚悚，令人憎惡又畏懼。這種沒有年齡層的可怕現象，脫序的演出，已製造了諸多社會問題，怎能漠視。

十一、在穢物堆裡打滾

菜市場的旁邊是一處停車場，圍牆裡有一些垃圾與穢物堆積。無論天候如何，他們彎身篩選，一雙手從未停過，這就是他們的生活。

進進出出的人，手中一袋袋的垃圾，往圍牆裡面一丟，木訥老實的他們開始忙於整理，將袋子封口打開，尋覓於分類與回收。看似簡單、實則複雜的垃圾分類，箱子、鐵鋁罐、廚餘、一般垃圾……，身藏在髒兮兮的穢物堆裡，毫無怨尤地做他們分內的工作。

野狗與小貓的亂竄，將他們勞力整理的環境弄亂了，捲起袖子，繼續撿拾。蹣跚的腳步，滄桑的背影，讓人看了，格外同情。而那咿咿呀呀、想表達卻說不出口的窘境，以眼神交會。

日光曬暖的垃圾，臭味四射，神情憨直、衣著過時的他們縱身一躍，全神貫注地清理之外，亦吸嗅了殘味。

沒有垃圾車的日子，常常將垃圾拿至該處丟棄，已經很晚了，他們還沒休息。當車子靠近，拎起了袋子，他們聽到了聲音，緩緩抬起頭，雙手接過，結結巴巴地吐出一句話，跟我們說謝謝。

跟他們讚美了一下下，「好棒哦，整理得很好。」

他們開心地笑笑，臉上竄起了一片紅潮。

臭味四溢的地方，人們望之卻步，卻是他們希望的園地。

十二、是誰的錯

消瘦的倦容，淚眼潰堤，她的懷中抱著哭得淒厲的孩子。不發一語的她，在情海裡掙扎，受傷過後，美麗的期盼與溫暖的笑靨已蕩然無存，她的一臉悲愴、兩瞳悲憤，徒留佳釀已酸的憤怒無處發洩。

不想過去，但浮現得更清晰。不是魔鬼身材，也沒有漂亮臉蛋的她，何處是她感情停泊的港灣？偷嚐禁果的自食後果，以為有了孩子，就可以擁有一段幸福的婚姻。共擁的一小截快樂時光，她忠於這一段，他卻貓兒偷腥性不改。「不識字請人看、不識人死一半」，孩子白嫩嫩、圓嘟嘟的臉蛋追不回他的心，她的臉上沒有出現幸福的神情。

一片薄膜還是很多人在乎，冷言冷語難聽，縱然耳不聽、心不煩，但有意無意的觸及，破碎的心情已然編織成一首哀歌的曲調。

嬉鬧的劇情，爆出了荒唐的結局，淚水如川流，也洗不去一身的罪孽。出事，女人總被指指點點，而非議女人的也是女人，「三個婆娘一台戲」，呶呶不休地談那些無聊的事，品頭論足地發表高論，既同情又瞧不起她。儘管她雙手摀住耳朵，仍然聽得見如麻雀般的嘰嘰啾啾。

她觸景傷情、滿臉通紅地受盡他人的冷言冷語，也嘗盡了被歧視的滋味，生活增添了無謂的煩惱。面對冷嘲熱諷，那一根根帶刺的眼神，刺得她渾身不對勁，汗毛直豎地嚎啕大哭。當旁人以詭異的眼神看她，緊繃的神經，更加深了鬱悶的心情。

不快的過往已在記憶中留下深深的印痕，喚起，只會增加層層疊疊的痛楚。她的怨懟，旁人不能領會，而要合乎眾意，談何容易。畢竟，一個銅板打不響。

柔軟的嘴唇，吸吮著她的乳頭，她全神貫注地看著懷中這個可愛的娃兒，自己的飽受精神催逼不都是為了他。而稚氣與純真，看到成長的脈息，是生命的喜悅，但也帶給她不快的記憶。當綺麗的愛送入心窩，接踵而至的迷惑，她發出孤獨的眼神，泣訴不懷好意的閒言閒語，這到底是誰的錯？

十三、生活之美

都市人潮聚集，但隨著經濟不景氣，越顯景象蕭瑟。他毅然決然的選擇走入鄉下，覓一塊良田，在數大壯闊中，引領未來人生走向平靜的綠野。

自然環境裡，生態的探索，他費了一番功夫。當他打著赤腳、踩著土壤，深深地呼吸，喜歡上這裡乾淨的空氣與純樸的環境，深山裡迴盪著盡是他的鼻息。

耕耘之後，每當肚子餓得戰鼓齊鳴，在空曠地挖個洞，將先前收集、綑綁的枯枝整齊排列，再以曬乾的木麻黃點燃，將地瓜、芋頭一一放入，一股香火濃煙撲鼻而來。

食罷，從井裡汲取一桶清水，經由日光曬暖，擦拭身軀，不會那麼冷冽沁入，舒適許多。璀璨的人生就此開始，這片視野提供了舒暢的身心與奮鬥的喜悅。從此，他置身其中，那些想不通、看不慣、聽不爽的紅塵俗事已離他遙遠。

揮去處處是噪音、壓力襲滿心的環境，有別於以往的行事風格，將塵俗紛擾抛九霄，擁抱田園的快樂時光，也讓笑聲伴隨青蔥翠綠。

他受享天下樂趣，在田野間尋覓一股清流。

他，找到了屬於自己的一片天地。

十四、青春氣息

身無一技之長、手無縛雞之力的她，擦身而過時，總讓人感覺一股青春的芳香。那股脈動的氣息，不經意地散發出來，洋溢青春的模樣，讓人不禁想多看一眼。

意境有高低、思路有寬廣，當她錯失思辨能力，令人驚悚的是鬼魅的世界，如冷風吹過的雞皮疙瘩。

肌膚之親、互譜戀曲後，如閒雲飄過，任意去留，這就是她的人生。

她的那對勾魂眼，勾住了許多男人的心。而一個正常的男人，怎能袖手旁觀於枕邊人的出牆。他終日買醉，告訴好友這不堪的一幕，就在舉杯歡慶生日之際，全家慶團圓之後，躍身湖畔，了結一身。任誰也沒想到，平日樂觀開朗的他，會悲觀地結束自己。

他與先父結緣於市區，農耕時刻，常騎著機車由街道到偏遠的田莊，當我們去蕪存菁，將優的農作賣出，劣的自家食用與餵牛豬，他總不嫌棄地用飼料袋載走一袋袋的劣質品，他說外觀難看沒關係，沒噴灑農藥的食得安心，足見他的儉樸個性。

開朗的性情最終也會栽在鬱卒的心，始料未及。生前抱怨歸抱怨、沒有其它的異狀，豈知走得這般令人傻眼。

他的走，她沒有一絲悔過，情海仍舊奔波。週遭的人婉言勸導，死心踏地跟一個，即能賺足生活費。嘗鮮嘗過頭，難回首，她還是喜歡兩腳張開，享受不同姿態。

都已經幾歲的女人了，還能玩多久？當淫水流乾之後，還有哪個男人甘願冒險地身歷其境？

十五、人在江湖

一千多個日子的相處，從陌生到熟悉，他的每個承諾，她謹記在心。

他是個有家室的男人，陰錯陽差的一樁不幸福的婚約，是他一生的夢魘。數十年過去，他感受不到愛的滋潤，只有天塌壓頂的沉重負荷。

因緣聚會，明知他已有婚姻，她仍止不住煞車，一頭栽地陷入其中，等待他將她迎入家門。她不在乎自己當小，只要能與他相知相守，她願喊他的元配一聲「大姐」。

默默等待的女人將自己奉獻給了他，愉悅的相處，追求彼此的幸福。然而日子一天天的過，他無法結束前一段，又不能將她迎回家，陷於兩難地白了頭髮。

不願看他苦楚，她決定待在不見陽光的角落，有日出就有希望。婉拒了異性緣，死心踏地為他廝守這段孽緣。

平日，他幽默風趣，也對她用心呵護。但遇到抉擇時刻，他總選擇原配。她失望又失落，止不住淚水的滑落，幾度問自己，世上的男人又不是都死光，為何來這樁？

他從容不迫地安撫著她，告訴她的身不由己，除婚姻無解，這輩子惟有她是寶貝。

不經意地發現他失去了對她的諾言，他的心田又躍入了另一個女人的影姿。她無言地面對，聽著他串串解釋，人在江湖，身不由己的窘境。

她的一顆心沉了下來，勇敢地面對他的背叛。這次，她不怪罪、也沒有掉眼淚。因為她知道，自己曾經也是第三者。

人在江湖，究竟有多少身不由己的事情，她不懂。而未來，類似這樣的情景，有一就有二，什麼都不是的她，沒有資格過問，更無權干涉。

她深深地嘆了一口氣，面露憂容地怪命運也怪自己。

十六、下蠱

出門在外多不便，危機四伏的地方，眼睛要睜亮。

他出國多年，遇見了女紅妝，要回家鄉，紅顏不肯，強留無用，下了手段。

在電視上才看得到的情節，現實生活中也有人遇到，她痛下毒手，他終身難過。

一張符令在眼前輕輕飄過，正常人也會神智不清。這如同點了穴道一樣，解鈴還需繫鈴人。但有哪個下符與下蠱之人願意出手之後再收手？據說，還人自由，罪過自己收。

他的日子也是一天一天過，但痛苦折磨的是家屬。為了陪他走長長的路，身心俱疲，已沒了日夜的區分。

駭人聽聞的驚悚，週遭也曾遇過。一位女子撿了路旁隨風飄過的一尊人偶，看似可愛，實則潛藏危機。返家後，夫妻翻臉、家境不順。

諸如總總，或許真有其事，也或許只是傳聞。但立足於地，千萬別有害人之心。而當事人，心頭要鎮定，自己心中一把尺，可別自己嚇自己，那就真的此題無解。

十七、初長成

含羞的母親難以啟齒女兒初經情形，她記得以前上健康教育課，老師總是跳過，要她們自己閱讀課本；她的媽媽則是難以開口，她自己獨自摸索。

她的女兒那個來了，她慌亂得不知所措。以前用破布與粗糙的衛生紙墊著內褲，隨著時代進步，有了衛生棉，但她每次花錢就心疼，也厭惡每個月的不方便。更年期了，節儉的她開心地說，那個不來了，可以省下許多金錢與麻煩。

母親不告訴女兒，由誰來教她？去問別人不是很尷尬。

我也曾經處在那個年代，而我家也有女兒，以言教和身教並進，正常的身體該有的構造、生理該有的週期，生裡褲的穿著、衛生棉的使用，拆開與摺疊，選擇翅膀不外露，丟入垃圾桶前以外紙包裹。當母親的我慶幸那個還沒停，可以親自示範。

她訝異於這種身教的方式，我回答她：「啊不然哩，難道妳要女兒去問別人，又不是沒媽媽。」

她的女兒已經有男朋友，她擔心每次同進同出，不知道會怎樣？

有女初長成，不能二十四小時監控了，那就跟她灌輸自愛與自重。未成定局的交往，先別乾柴烈火，初夜別被奪走，留一個清清白白的身體給一個將來廝守終身的男人，婚姻無話柄。

十八、春風化雨

春風化雨的老師，將大愛遺留在人間。

三十年前，雖已事過境遷，但記憶猶存。他用心用愛灌溉校園，沒有架子的教學，是許多學子的最愛。

他的另一半同是老師，夫唱婦隨地同進同出一所學校，教過的學生不計其數，感念他的付出。

購地蓋居家，很有眼光地相中有發展的開發地，那附近的地價近年來直飆不下，陸續住進許多人家。

帶著兒子掃馬路、單騎獨輪吹笛子、醫院志工探病房……。菩薩的身影，慰助了許多痛苦的生靈，另類的愛，也曾引來他人異樣的眼光，但他不因此而退縮，反倒樂在其中，蔚為一股風尚。

數十年的教職生涯，有教無類，孩子都是他的寶貝。只論付出，不管上蒼將來給他多少福報，理所當然的將每個孩子教好。不似現代的某些老師，滿腦子的歪曲理念，一味地要求學子，卻忽略了自我督促。不解因材施教，導致某些孩子身心受創，一道道的傷痕，連帶家長也遭殃。親師的溝通不良，老師有家長沒有的文憑，更該有所作為與省思，不是課堂上儘說些沒營養的課外題，浪費了人民納稅的血汗錢，也傷了孩子的自尊心，對校園望之卻步。

冷飯冷菜好吃，冷言冷語難聽，有意無意的指桑罵槐，不該發生在優良教師的身上。一個被家長捧在手心、但上班常遲到的老師，無論後台如何，自我省思有其必要。

孩子班上的一位同學，師長的要求不是她的能力所能負荷，進到校園面有難色，生理直接反應了不舒服。功課的壓力無解，活在恐懼之中，當她來電話問孩子功課，我總叫孩子們陪她度過，只要能解的習題，一定要幫她尋覓答案；不懂的，由家長找資料幫忙解答。

時間一天天的過去了，再與那位同學交談，發現她快樂許多，常常鼓勵她多多加油。

學生是老師的縮影，從孩子的身上，可以看到老師的影子。不可否認，有背景的好學生總是比較有人疼，至於所謂的「問題學生」，要思考的是他是否來自問題家庭、問題學校和問題老師？而情緒化的老師，說話總是不經大腦思考，主觀意識的強烈，活在自我領域，孩子稍一不從，便排擠在外；一個被老師當空氣、放棄的孩子，將來能有什麼前途。

曾經聽到一則值得探討的話題，傳言中，意指某個學校畢業的都是壞學生。我很雞婆的跳出來「指正」，每個學校都有好學生、也都有壞學生，不能一竿子、打翻一船人。

學生有好壞，老師也有優劣，師長之間的勾心鬥角與相互排擠的心態，最終受傷害的還是學生，他們無故成了犧牲品。當一間辦公室，坐擁多種心情，你來我往的爾虞我詐，又能剩餘多少時間用心教育孩子。

身教代替言教的執教鞭，春風化雨在人間，倘若誤人子弟，不下十八層地獄就已萬幸，更別冀望有所福報。

十九、奉茶

娘子軍、獻愛心，城隍祭裡表誠心；紅黑搭襯的休閒衫，美觀又吸汗，穿於身上，整齊劃一，制度與和諧共進。

數鍋冬瓜茶，煮沸放涼，加入冰塊，不甜也不膩。來自四面八方的男女，一通電話，全員到齊地服務人群，亦有懷抱小嬰兒的婦女，以黑白相間的格子背巾，將大大的眼睛，吸著奶嘴的小小心靈帶到現場共襄盛舉，耳濡目染這一椿島嶼的盛事。

人潮擠爆、盛況空前；鑼鼓喧天、前所未見。巡安遶境於大熱天，人人身上一把汗。四境繞一圈，善男信女齊拿香，由細到粗，形形色色不一樣，但同樣香煙繚繞、虔誠默禱。

騎樓下，置放茶桌、備放茶水，在這麼熱的天候，人手一杯，冰沁心田，解其渴，感恩在心扉。

銀色的托盤，擺滿杯杯的涼水，不分老中青，穿梭馬路、上陣慰人群，來一杯，生津解渴，結緣於這場盛會。而薑是老的辣，銀髮族的阿姨「生意」比人佳，端出去一盤，很快回來盛裝。

另一位阿姨全家總動員，她當志工，兒孫彩妝。來一個，介紹一個，留下倩影做紀念。

小兒子剛好戶外教學，將他帶在身邊，修道的姐妹當起了褓母，照顧了一下午。當小兒子吃起了零嘴，遞到每個阿姨的面前，我一時忘了她齋食，熱情地要她吃。當她告訴我吃素，恍然大悟地阿彌陀佛，罪過罪過。

向心力的足夠，在美麗的隊伍裡不分男與女；新血輪的加入，老兵帶新兵，帶出了好感情。幾張新面孔，奉茶在其中。

原載二〇一〇年六月二十八日《浯江副刊》

紅塵俗事

一、一碗飯

身心障礙的妻兒，拖垮了他的積蓄，也阻斷了他的友誼。他哭乾眼淚，以愛為前提，生命永不放棄。

為人生任務的圓滿，媒妁之言論姻緣，成了家、圓了夢，但這是噩夢的開始。

枕邊人、有異狀，生了孩子出狀況，跟她一個樣，醫學叫遺傳。晴天霹靂的打擊，沒有擊倒他傳宗接代的意念，接二連三地努力，冀望有個健康的後代，百年之後上山頭，有人「捧斗」在後頭。

優生學的考量，一勞永逸的結紮最適合她。但沒有適時的踩煞車，上半輩子辛勞為尋一個夢，下半輩子煎熬為圓一個家。他要養家，又要照料異於常人的妻小，每天如陀螺般不停的轉動，沒有休憩的時間，更無休閒的所在，幾乎與世隔絕地與外界分開。

他的妻子走了，生前沒嫌棄地照顧了她大半輩子，仁至義盡。但沒有鬆一口氣的日子，他的家中仍有精神異於常人的孩子，他不忍心將他送進療養院，那個與家隔了很遠的地方。他說，沒差那一碗飯，自己少吃幾口，就能餵飽孩子的肚子。心中已有遺憾，不想因孩子離開自己的視線，而增添胡思亂想。

每個月一萬多塊的收入，三餐能溫飽、但不是吃很好。他的年歲已大，他不知道還有多少日子，可以每天照三餐，一餐一碗飯地餵食孩子。自己有限的壽命，如何照料尚年輕、有著無限歲月的兒子。

命運出現的磨難，給了他妻兒如此的不堪，他戰戰兢兢地將所有心思放在他們的身上，不求其他，只願上蒼憐憫，多給他一些日子存活於人間，每天三餐多煮一碗飯。

二、求道

吃素的她誠懇地來，以虔誠之心渡我求道。她說我熱心公益，是個有智慧的女人，與她有緣，特走家裡一趟，引渡上乘的一方。

耳朵挖得乾淨地專心聽她講，約一個半小時的時間，她侃侃而談，談天說地，也道陰陽兩間，平凡人看不見的地方。她說我的祖先知道她來找我，坐立不安地守候，等我點頭，隨她去求道，如此行徑既能讓孩子有福報、也可庇佑祖先、胸前能配戴一朵白蓮花，到觀音座前聽經，免在地獄受苦。

當大師隔海抵金，她將介紹我們認識，連撿骨師都佩服「一指」的厲害。而人生最終的那條路，求道之後不痛苦，安詳的臉龐、柔軟的身軀，就連冰櫃裡的軀體也不一樣。甚且，往生之後上天堂，不必地獄受苦難。而陽間多遊走，神奇的一道光，閻羅王手上的生死簿更有不可思議的「一筆」，能夠福如東海、壽比南山地延續陽間壽命。

感謝她的經驗分享，只可惜我無意願，她欲安排的與大師見面只能說抱歉。

我喜歡自由自在地過自己想要的生活，不被束縛的心理負擔，在這人世間遊走，心存善念。簡單信仰來自家族自幼的耳濡目染，「拿香跟著拜」是不變的堅持，亦是傳統的習俗。人傳我、我傳人，代代相傳。承受自然的運轉，該走的時候，不苟活於人間，更不奢望那一道光。

忠於自己的理念、尊重他人的信仰，是我一貫的作風。他人心靈的寄託與選擇，我除了尊重還是尊重。同樣地，我也有自己的想法，沒有緣份的，就不要勉強。

三、地理

信地理，物以類聚地相識了幾位地理師，她的生活中顯現了多彩多姿。

她來到家裡，閒談中總脫離不了地理位置，以及攸關人生的未來現象。好心好意地指我身體差，原是地理不佳；現有的門面需要做一個「乾坤大挪移」，猶如改運一般地、聽來格外驚悚，但我竟然無動於衷。

大師級的人物來了，走一趟、瞄一眼，收費可觀。她來電謂機會難得，迅速改變房型，也同時改造運勢。

我已習慣現在的模式，屋裡的擺設，更不想去動它，至於身體欠佳，自己的狀況自己心裡最清楚，不想整個屋子、東動西移，花了錢，消災不成，造成平日生活的不便。

她的熱心、我的鐵心，沒有達成共識。我仍然固執己見地做自己的主人。

平日順順地過日子，不冀求「鴻圖大展」、亦不渴求「刀槍不入」，宇宙的定律，該怎樣、就怎樣，因為我只是一個平凡的人。

四、陪女兒旅行去

走出戶外，調劑身心，體驗了另類的畢業旅行。

近些年來趕流行，台灣、大陸畢業旅行，就從小六畢業班開始，人生只有一次，不去可惜，要去遲疑。多方的考慮，要看父母的經濟。

孩子的爹是班級代表，也是家長會副會長，受託了畢業班的問卷調查與意願回條和統計。於是，我們於去年十月中旬發出「意願調查表」——

貴家長敬啟：

韶光易逝，轉瞬間，貴子弟在正義國小學習將告一段落，為留下更美好的回憶，將舉辦班級畢業旅行，特辦理意願調查，廣徵眾意，請和您的子弟一起用心勾選，您的意見將作為我們辦理的依據。謝謝您的配合！

正義國小六〇一班家長代表會敬上

金門縣金湖鎮正義國小六〇一班辦理班級畢業旅行意願調查表如下：

班級：正義六〇一班姓名：〇〇〇座號：〇

一、參加畢業旅行意願：

□願意參加（請繼續勾選畢業旅行地點）

□不願意參加

二、畢業旅行地點：

□台灣北部

□台灣中部

□台灣南部

□大陸廈門

□其他地點（請說明）

家長簽章：○○○

※附註：請將本回條於九十八年十月十六日（星期五）由貴子弟攜回學校繳交。

回條結果，統計分析如下——

貴家長敬啟：

金門縣金湖鎮正義國小六〇一班畢業旅行意願調查統計分析

一、九十八年十月十五發出意願調查表十七份，九十八年十月十六日回收十二份，九十八年十月十九回收四份，合計回收十六份，十六份均為有效卷，回收率百分之九十四點一二。

二、回收十六份有效卷中：

1. 願意參加畢業旅行計十二份，佔百分之七十五。

2. 不願意參加畢業旅行計四份，佔百分之二十五。

三、願意參加畢業旅行計十二份中：

1. 台灣北部計七份，佔百分之五十八點三三。

2.台灣中部計一份，佔百分之八點三三。
3.台灣南部計兩份，佔百分之十六點六七。
4.大陸廈門計兩份，佔百分之十六點六七。
5.其他地點計零份，佔百分之零。
6.合計十二份，佔百分之百。

四、謹將班級畢業旅行意願調查統計如上，交班導師○○○老師及每位同學各乙份。

正義國小六○一班家長代表會敬上

除畢業班，我們也將統計結果交給學校處理。大部分的同學決定赴台遊玩，但一波三折沒結果，學校的某些因素，望穿秋水、無法成行。我們決定自己帶著孩子，全家出遊，在交通券的加持下，減低成本地到台灣走一遭。

自家已經完成畢旅，半年後、沒下文的他家突獲喜訊的「創意」畢業旅行，將在島嶼繞一圈，如戶外教學地瀏覽一番，留下不同的回憶。

六月初，一天半的畢業旅行，從學校出發，十七位孩子的畢業班，由校長、主任、導師與四位家長陪同，走訪歷史古蹟是重點，追隨先人的足跡發奮圖強。「校長兼撞鐘」駕車、導覽和解說。

宮廟的遍佈、老街的沒落、古厝的整修、海堤的瀏覽、碧山風車的旋轉、後扁海域的髒亂、再到林務所吃便當，賞盡百花齊放、萬紫千紅。

迎賓館的重新開放，欣賞鄧麗君影片，英姿在當前；軍中情人的清麗影像，影迷愛她優美的氣質、更愛她甜美的歌聲。忠實的觀眾，當螢幕播放，紅了眼眶，播畢還想再看。回味無窮地詢問了播映圖片與內容，將記憶拉回過往。

回到學校後山土甕地瓜，挖了兩個洞，在下雨之後，土壤未乾，地瓜埋入半生不熟，愛心的老師將它煮過。一鍋未加糖、甜膩膩的地瓜湯令人食慾大動，紛紛舀起淺嚐。

自助餐，長桌擺滿滿，白切肉淋上醬油膏，鍋貼配上酸辣湯，還有炒三鮮與炒泡麵，外加炸雞和魚片。人手一碗，吃完再添，嘴唇油滋滋，好料入喉在校園。

同樂會的歡愉，在卡拉ＯＫ的歡唱裡，校長帶領，學生跟進，場景不似往年熱絡，顯現冷清。一曲曲悅耳的歌聲盤旋迴繞於校園，一位無人認識的校外人士亦「共襄盛舉」，隨性地坐在地板，高歌一曲。

離別在即，親手送上畢業班每位同學一份精美的信套組，千叮嚀、萬囑咐，勿忘彼此的友誼。同學們句句「謝謝阿姨」，讓我感染了不捨的離情。

不同於以往的畢業旅行，沒有走很遠，在島嶼繞一圈，同學共歡。每個據點留下影像，將來回顧，我曾陪孩子走過。

五、再見校園

依依不捨道別離，校園淚眼滴，畫下休止符的一小段學習旅程，揮別哭泣，迎接未來人生的旅途。

二女兒的畢業典禮，我比她還開心，一早就起來梳妝打扮，好像畢業的人是我一樣。清早訂了一束鮮花，捧到會場，感恩老師的諄諄教誨，每位學子都平安畢業。

二女兒的學業成績在「語文領域」、「救國團服務熱心學生楷模」、「三Q達人」、「英語成就評量」等項均獲得殊榮。她領獎，我幫忙提獎品，縣長獎、救國團金門縣團委會主任委員獎、校長獎，還有小兒子榮譽狀的摸彩，連立委獎項都喜降我家，其他家長與委員紛紛恭喜「福氣啦」！

然而，在我的感受中，這份殊榮是老師認真教學、孩子努力的成果，而非僥倖。

每年的畢業，家長會都致贈每位學子腳踏車一輛，孩子的爹也共襄盛舉買了一部，以資鼓勵與紀念。我們家正好有畢業生，也跟著牽回一部，形成了自己買給自己的有趣樣。

畢業生的進場，串串炮聲響，跳鼓迎賓，奏樂連連。全體肅立地唱國歌，歌詞大家都記得。人人有獎的畢業紀念品，來自四面八方的贈與，包裝紙內、大大小小的東西，端看個人的手氣。

在校生的歡送詞、畢業生的感謝詞，兩個星期的練習，兩人一組，默契十足。

〈我們之間〉的畢業歌、〈今年夏天〉的歡送歌，賺進許多人的眼淚。

聯歡表演節目，從幼稚班到六年級，環肥燕瘦，各具特色。有勇氣上舞台，無論表現如何，都值得掌聲喝采。

尾聲的摸彩，掀起了高潮，人多獎品少，抽到的福氣好。多增加一個獎項，是學校菜園種植的蔬菜。運氣好、被抽中的剛好是對青菜沒興趣的小朋友，看來他與青菜有緣，而多吃青菜對身體有益，多吃多健康。

踏出校園的畢業班，前有鏡頭、後有祝福。掌聲之後，當二女兒噙著淚水，我知道她依依不捨。

六、黑暗的角落

端午飄香，菖蒲去邪保平安，捎去慰問三千，祝他佳節愉快。

母子相依，均有缺陷，三餐張羅有困難，但勉強度日。

身影靠近，如臨大敵般，其母閃躲，門半掩，要我們離她遠一點。

給慰問，她不要；要印章，不知道。其他的孩子沒與她住在一起，問電話，不告訴你；問住處，哪裡都有住。

島嶼雖不大，但她給的答案，看到村落、有房子的地方，就有她孩子的足跡，丟下了難題。再明確一點的問，再詳實一點的答，住城區，靠近馬路邊，屋旁有彎彎的路、屋宇是現代的建築，喊一聲，她的孩子就會出現在眼前。

其母說她不要錢，三千算什麼，好幾萬都不看在眼裡；孩子說難「討趁」的今日，三千加減好。話不投機，母子大打出手，我們無能為力，只能勸導勿動肝火，有話慢慢說。

僵持不是辦法，委婉請她去電其他孩子，說明詳情，也告知印章寄放處。她以捍衛人身安全，要閒雜人勿靠近，然後快速進入房間，將房門反鎖。之後神色慌張地走了出來，緊緊握住門把，身體擋在房門口，告訴我們電話打不通，叫我們快點離開現場。

我們沒有威脅到她的生命，但影響到她的心情，才要接近，她大喊：「不要動，就站那一邊。」

「那……電話……」擺出手勢打電話。

「不許動、不要碰！」她大聲嚷嚷。

繞了一大圈，問不出她親人的所在，一無所獲。揮別了他們，由其他管道尋覓了她的家屬，終於交差。

下次、甚或下下次，再接近他們，想必一樣碰壁。他們的世界裡，存在著許多棘手的問題，如果親人漠視，外人又如何幫忙？

七、防不勝防

戴尾戒、防小人。

愛漂亮，人人會，尤以女人最愛美。但她戴尾戒，與美麗無關，只是身旁小鬼多多、諸事不順，令她煩愁。

數十年的歲月，她不趕流行，也不配戴任何飾物，她的指頭空無一物，喜歡那種無拘無束無負擔的輕鬆感。當她身處逆境，他人勸她戴個寶石助力，鐵齒的她，始終不信。

身邊多小人，頻繁的殺傷力接二連三，她不以為意，總覺人生難免遭逢怪事，凡事小心就好。

當奇怪現象接踵而至，她不得不聽信於「秘訣」的神奇，接受了他人的勸誡，在小指戴上一枚尾戒，冀望這枚環形的飾物能帶給她好運。

不戴還好，戴了事情更大條。小人更小，諸事圍繞，好的沒遇著，壞的都報到。她皺緊雙眉，嘴巴嘟囔著什麼戴尾戒、防小人，都是騙人的。

取下了尾戒，丟置梳妝台一角，不去看它。某天，又來了個不順，她站在梳妝台前發呆，要不要再戴上它？

要戴？不戴？要戴？不戴？要戴？不戴？

戴也不是，不戴也不是，究竟要不要戴，她煩死了。

不經意間，她看到了許多大人物在舉手投足間，小指有一顆閃亮的東西，原來，他們也怕小人。

八、雪中送炭

助人最樂，但別搞錯方向。

扶助的對象，以弱勢族群為優先，尤以媒體的力量，一篇報導，有希望將載浮載沉的家庭、一拉成為不錯的家境。

一掬同情之淚，來自四面八方的捐獻，紛紛湧入的愛心，將原本就生活無虞的「苦人家」，更提昇了優越的生活品質。錢，永遠不嫌多，現金寄出、支票掛號，來一個簽收，來百個照收，戶頭裡越賺越多。

天上掉下來花花綠綠的鈔票，笑盈盈兩手接過，不必流汗輕鬆獲得。但愛心捐獻吸收之後，無端揮霍，用錯了地方，已忘了先前眾人的善意，享受人間的美意，卻踐踏了愛心的資源。

已經有屋有房，有金錢再建不難，但不是自己的血汗。當四周湧進的愛心無限，拿來建構了家園，輕鬆過日、快樂過活，生趣活現的當下，臉皮夠厚地吹噓財產眾多，早已忘記曾經義伸援手的人，他們的名字叫什麼。

幫助他人是好事，但幫他人之前，先弄清楚對方的狀況，是不是真的很窮，不要人云亦云地幫錯了對象。一窩蜂地捐獻，捐出了自己的米飯錢，他人卻在吃大餐。

九、夫債妻還

以前的父債子還，聽來有些正常，那養育的劬勞之恩，當父親的債臺高築，做兒子的努力付出，還清債務。

一世夫妻百世恩，一體的情感，人家說她太癡太傻，丈夫倒人家，她被人家倒。

開了一間小店，結婚數十年，夫妻各據一方。丈夫靠一張嘴，起會、跟會、做事業，不用自己的本錢，油嘴使人受騙。倒會一個又一個，捲款不知去向。

她留下來，不走遠，步入了丈夫的後塵，但結果不一樣。她掏盡了戶頭裡的存款，跟會一標又一標，但倒了一筆又一筆。

丈夫賺人家，她被人家賺，打平了，雖然不是她的錯，她說這是必然的因果。

已經不年輕的她重新再來，在那一間小小的店面，東山再起。

客人不是很多，追究其因，少了評價是主因。

急於拿回失去的東西，價格提高，好賺是必然，但終究不是長遠之計。顧客的眼睛是雪亮，貴一次，怎麼可能再被削第二次。

十、畫蛋糕

買一百，積一點，積滿點數兌換一張貴賓卡，爾後購物九折優惠。商家說分明，客人動腦筋，省荷包、精打細算。

自從擁有貴賓卡之後，有人生日，習慣買回象徵團圓的圓形蛋糕慶賀，尤其是黑森林的口味，普遍被接受。

另一半的生日還沒到，但日期就在不遠處。看到了櫥窗裡幾個現做的黑森林蛋糕，有一個還未調造型，反正生日可以提早慶祝，情商師傅將這個尚未完成的、做個美美的呈現，也考驗他在糕餅生涯多年來的創新。

約莫十分鐘光景，他聚精會神地在蛋糕上面作畫，右手擠奶油、左手旋轉玫瑰花，擠出了六朵，灑上金色的糖粉，依序排列。再切芒果、紅蘋果，擺盤之後，插上白色巧克力片，然後以櫻桃、黑棗點綴，栩栩如生地，恰如一座美麗的花園。

畫得很漂亮的蛋糕，滿意地接過手，為另一半慶生，也讓自己嚐甜頭。

十一、抖動的唇

上唇抖動，緊張地以為中風。

沒有家庭醫師，上網尋覓解答題。裡頭洋洋灑灑列出十幾條中風前兆，包括頭部沉重、嘴唇抖動、記憶力衰退……，上面說的，我幾乎都有，急急地尋求醫療，抽血全套驗過。

空腹抽了一管血，寄去台灣明瞭病因、讓心裡放心。數日後知曉結果，GOT與GPT偏高，血液裡沒有駭人的徵兆，不用吃藥，繼續抽血追蹤死不了。我對酒精過敏，每次跟針頭接觸，總要先講清楚以優碘取代，免起水泡、去皮美白。遇到熟練的老將，一針見血；碰到手氣不順的新秀，針頭在血管裡鑽呀鑽，換過一手又一手，算一算，我也只有兩隻手，交互找血管，抽血的人緊張，被抽的人憋緊雙唇，皮肉也折騰。

鮮少塗口紅的雙唇，如櫻桃小口般，突然之間的抖動不停，那是危險的簡訊，告訴我身體的某部份可能又出狀況，昏昏沉沉的疲倦樣，彷如每天都睡不飽。

日日閒得「抓頭蝨相咬」，自愛得盡量不去熬夜，也會睡眠不足。睡不去、多操煩，肝當然會受傷，提醒自己多留意，彩色的人生即將變黑白。

醫生說沒事，偏偏心事重重於嘴唇的抖動，提心吊膽地深恐哪天突然倒下，心動身不動。

十二、緣分盡了

乳癌奪走了她的性命。

同是癌友的女人，知道她罹癌，陪她度過了幾個春夏秋冬。鼓勵她存活的勇氣，進一步赴台檢查、化療。

一頭濃黑的秀髮頓時化為烏有，這是化療的必然結果。她以花布巾包裹整個頭部，掩飾沒有髮絲的窘境。每天一早，她作息正常地穿梭在市場的一個角落，捲起袖子，在屬於她的那個攤位努力耕耘於一家的溫飽。

病人要多休息，不能太勞累，她坐不住、閒不下來，每天眼睛一張開，關心的是一家大小的生計。況且，人只要一閒，就會胡思亂想，她必須讓自己活在忙碌中，以忘卻身軀罹癌的苦痛。

她切除了乳房，也按時化療，但發現得晚，終逃不過病魔的摧殘，帶著病體離開。

女兒乖巧，沒有讓她失望，在她生前經營的攤位，熟練地守著這一畝家田。為了她、也為那個家。

十三、公車一瞥

老夫少妻上了公車，沒有坐在一起。妻子攙扶著丈夫坐在博愛座的位置，自己找了一個兩人座，將隨身攜帶的東西放置一邊，東看西瞧地不在乎後來居上的乘客靠邊站、搖搖晃晃得不舒適。

一個接一個地上車，幾乎每個經過她身旁的人都會凝神於她身旁站位的空位。她視若無睹地東瞄西瞄，就是瞄不到別人渴盼的眼光。

島嶼雖純樸，但不是每個人都閉塞，終於有一個女孩在上車後，請她往內移，她需要那個座位。她擺著一張臭臉，以不屑的眼神收拾旁邊的東西，雙腳傾斜，示意女孩坐進去裡面，一路上，把頭仰得高高的。

見過她幾次，每回都一個樣，喜歡佔空間，不知禮讓為何椿。看她那操著不是本地口音的潑婦樣，很想將她ＰＯ上網，讓大家看一看她的嘴臉。

屬於大眾的交通工具，這島上的福利，裡頭有博愛座與一般座位，它是許多年長的老人家平日搭乘外出的代步，那些為了搶位置，而不將座位挪出的乘客，算算年歲，比人年輕，會不會臉紅？

十四、思想

他喜歡留連於酒店，身上總是帶著一身臭酒味，少見他清醒的歲月。

誤將住家當酒家，見到女人也視為酒女，三杯黃湯下肚，搞不清楚方位。如果不是見他落魄不堪，在受了他的言語騷擾之後，早揮去「掃帚頭」，讓他鼻青臉腫，也讓他知道不是每個女人都好惹。

「妳除了文章寫得好，人也長得漂亮，看到妳就流口水，我全身酥茫茫……」

另一個同樣欠「教示」的男人也扯得不像話，背著老婆在外搞七捻三，總喜歡炫耀他每月收入好多萬，三不五時出現在家門前，「水查某，看到妳，我雙腿都軟了……」

他們都性好漁色，但搞錯了方向，這種沒品的男人，幫我提洗腳水，我還不屑。老娘不是沒見過錢，不會為錢出賣色相，更何況，我是模範婦女，靈魂豈是幾個臭錢能收買。

沒家教的小孩，下次找女人，再走錯地方、說錯話，小心讓你當太監，看你還玩不玩。

夏天的屋外有涼風，一群女人在屋宇外頭納涼，也曾遇到外來客，尋芳尋錯地方，問價碼，一小時多寡。當下告訴他們，這裡是社區，色情不在此地。

只要不影響居家品質，愛玩，那是他們的自由。但嚴重地干擾他人，就是罪過。

十五、雜草除不去

綠草青青，長及膝，橫掃腳皮露水滴。

永續經營的男人揹起鋤草機，戴上防護面罩，手腳輕快地一遍又一遍地割除雜草，小石子漫天飛，彈及鐵皮，發出了響聲。

待在屋裡的女人走了出去，抓差除去自家田地裡的雜草，懶得拿鋤頭，也不喜歡彎腰的女人，撒嬌地要男人順便割除那一片會刺人雙腳的雜草。

男人進出她家的田園數回，在溼熱的天候裡真是要人命，當要歇息，她一嚕再嚕地要他多除多乾淨。已經幫了她不少忙的男人，額頭冒著汗，一臉無辜地跟她講，如果再繼續下去，別人種高粱，恐怕他要幫別人拔草。

當男人遇見得寸進尺的女人，如果要全身而退，那要看他的智慧。

想利用別人的「工」，要看人家有沒有空、方不方便，倘若抱著撿便宜的心態，那只會讓人留下不好的壞印象。

十六、證明書

期末考在即，有游泳考試的大女兒急急來電，要我出一張證明書，證明她此刻不方便下水，怕血染泳池。

立即書寫飛鴿傳書一封，「茲證明小女〇〇〇因月事來潮，不宜下水游泳，特此證明。家長〇〇〇」

與大女兒通電話，念了一遍給她聽，問她如此書寫可否通過檢驗，他日再行補課過關。

家住遙遠的一方，遇到這種棘手的問題，既不能叫她脫褲子給老師檢驗，又必須在規定時間發出急件，多花快捷郵資一百四十元。而恰巧遇到天候不佳，飛機不能正常起降，憂心之外，只冀望這張薄薄的證明書能即刻送達。

大女兒的校園在偏遠山區，快捷郵件兩天到達，終於在規定時間完成驗證。

不會游泳的大女兒赴台求學，在體育課裡面的游泳課程，硬著頭皮下水，有差點溺水的紀錄，同學奮不顧身地下水救她。更利用放假天，教她游泳，在游泳課裡終能過關。島嶼的游泳池不多，許多家長憂心，要怎麼「游出去」？

十七、多此一舉

去電航空公司訂機位，語音說明網路或旅行社訂購。走了一趟，一點都不方便。旅行社那頭，大人現金買票，立即開票；小孩使用交通券，無力幫忙，只能訂位，不能開票，需要再走一趟航空站，以戶口名簿正本或當日戶籍謄本做身分證明。

一家兩人買票，要跑兩個地方，交通券不適用旅行社，旅行社無能為力，消費者也備感不便。尤其是上了年紀的老人家，老遠搭公車到市區購票，繞了一大圈，空跑一趟。

既然能使用交通券，航空公司與旅行社理應齊頭並進，不是一種福利、兩種心情，一家人購票，要跑兩個地方。

不是大家都很閒，吃飽沒事幹，搭車繞圈圈。在政府的德澤下，既是美事一樁，那就讓民眾更方便。

許多民眾喜歡走旅行社購票，除了方便，它的訂位單，以國字書寫，大家都看得懂。而航空公司以英文列印的單據，究竟有多少人理解？

十八、肅靜迴避

講理的人越來越少了。

梅雨季、壞天氣，老是遇到不明事理的「黑肚番」，吃了一肚子好東西，難消化，也沒有好心情。

他人將一部藍色的自用車停於路障邊，佔據了空間，出入車輛不方便。當日，我們的晚餐時間，忽聞屋外車聲響，探頭一看，原是吾家車輛又被撞。平日，我們將車停於家門前、靠近古屋的旁邊，不妨礙觀瞻、也不影響交通，大小車輛通行無阻、來去自如。

載運怪手的大貨車已經安全通過我家門口，同行的人指揮方位的錯誤，手勢要他倒車，車身一動，正好撞上我家的車子，左後方的車燈毀損。正駕駛下車查看後，拿出一千塊錢說：「換那個車燈不用五百塊，我給妳一千塊。」

景氣差、壓力大，他的手心也向下。他老兄真是樂善好施，大方地放送，讓我賺五百。但他真的是「食米不知米價」，不知方向燈隨便一修，都要上千，還說好幾遍讓我賺錢，彷如我是個愛錢的女人。

手機一撥，問明價格，車廠估價九百五十元，手機通話費與油錢自己付，就照估價的找他拿。

另一位老兄更有趣，指我的隔壁鄰居搭了遮陽棚，他們既要閃棚、又要閃車，才會肇事。

又說我們不該將車停於家門前，應該另找地方，他們出入才方便。搞不清楚狀況地在眾目睽睽之下，將我當小孩般的訓誨。「天地倒反」、須向他打躬作揖、擺桌賠不是嗎？

發生了倒楣事，已經夠衰，仍然給他台階下。但方便當隨便，錯誤的永遠是別人，好像我該跟他道歉一樣。

他們既不是社區居民，也從未出入住家附近，而是走錯地方、開錯方向的路人甲，嚕了一大堆，撞了別人的車，自己還很受委屈，好像錯誤是別人造成的。

鄰居目睹了這一幕，以正義之聲說我好講話，並且斥責那些不守交通規則的駕駛，出了狀況，歪理不斷，這真應驗了「秀才遇到兵，有理說不清」。

下回有緣再路過，記得通知一聲，讓左鄰右舍有時間準備，拆遮陽棚迎接貴賓，也讓我們沿路清場愛車，「肅靜」、「迴避」您的大駕光臨。

十九、女人

她是五個孩子的媽，皮膚光澤、臉部沒皺紋，外觀看不出是育有四女一男的母親。丈夫服務警界、妻子喜歡古樂，翅膀硬了的兒女往外飛。

她在學校擔任好幾年的幹事一職，與她結緣於大女兒求學的階段。那一年，如果沒有她的當機立斷，大女兒的視力恐怕受損。

校園的意外事故，承辦人員該負極大的責任。當學校辦公室施工，沒有圍籬阻擋、也沒有安全宣導，正下課準備放學的大女兒經過該處，說時遲、那時快，禍事降臨，一根鋼筋砸到她的臉，眼睛附近瘀青，眼珠出現了血絲，她立即以清水幫大女兒洗眼睛。當我們到學校接大女兒的時候，知道這件事情，將大女兒送去眼科醫師那兒，告知詳情。醫師對於先前的清潔動作，讓細菌免侵入表示有概念的嘉許。

感恩於她的幫忙，同時反應校園裡的學生安全，學校終於拉上黃線，在朝會裡跟學生說明該處為危險地帶，以防學生再遭不測。不過，承辦老師卸責，指大女兒看到施工還靠近，難怪會受傷。過後，大女兒將心情躍然於紙上準備投稿，題目叫「施工危險」，交到師長手上，自然胎死腹中。

真正認識她，就從那時候開始，逐漸地注意到她對古樂的熱衷與閩南語的造詣。每個學校都有閩南語老師，不過我這吃飽閒閒的家長自己寫稿、自己教導，大女兒多年的校內外比賽，從沒吃過敗仗。記功、領獎沒有我這個「地下指導老師」的份，但甘之如飴地帶她台金兩地跑，花費不貲。每回比賽前，學校總要求留資料，我配合地將文稿影印一份送到辦公室交給承辦老師。也會在那個時候與她相遇，當她看到一些錯別字，總會熱心地幫我修正，一起研討內容的重點。

當校長續任的評鑑，我獲邀到場，不敢邀功地將大女兒的戰績全數歸到師長的身上，有沒有加分作用，我不知道。

寫與教的壓力多年，我不再讓其他孩子涉獵這個領域，因為很累。而且，學校的老師專業，也該讓他們有表現的機會。家長與師長搶飯碗，就看不出師長能力的所在。與她相見，習慣用閩南語交談，聽她講俚語的韻味，彷彿回到從前。現在，她的孩子都大了，出國深造或留在國內發展，各擁一片天。

嘗試剪短頭髮的她，清新俏麗，一身紫色的衣裳，襯托優雅的氣質。外觀看不出實際年齡，因她心境年輕。

二十、鬥嘴

兒子早逝，媳婦帶孫，她年歲已大，不願媳婦負荷太大，決定走入一個大家庭。

她每月從政府那兒領了就養金，幾乎匯給媳婦養家，自己留的零用錢，只夠老家古厝繳水電費。她每月照繳費，寄望日後一家團聚。

都已經是上了年歲的老人家，年輕鬥嘴習慣，年老還是一個樣，她說自己運氣差，遇見了這樣的人，相處不愉快，想回家沒伴，要留下難堪。

視若無睹煎熬了許多日子，眼不見為淨地做自己。但日復一日，沒有改善的空間，倒有厭煩的思緒。

同是女人，不同命運，她時常捉襟見肘、對方則是有錢有閒，三不五時在她面前吃大餐，再消遣她寒酸。

她想過好日、也想穿好衣，但這輩子似乎已不可能。她只希望未來剩下不多的歲月裡，平平順順地過日子。

老人家嘆了一口氣，無奈地說：「都已經這把年紀了，還讓人瞧不起。」

她想與人和平相處，但別人還是將她踩在腳底，當她喘不過氣的時候，竟有提早想離開世間的念頭。

她不想讓人知道自己的後半生是如此的窩囊過日，強顏歡笑地走在人群中。而她哪天不是自然離開時，事出必有因，這就是她的主因。

原載二〇一〇年八月二日《浯江副刊》

人物側寫

一、激盪話題

「空氣隨人放」，留言版上多激盪，你來我往的話題不斷，提興革、說意見，人人頭上各擁一片天，陷入口水戰就不好玩。

網友的留言，很多隨興的意見，有人真正發出肺腑之言，對地方事務侃侃而談，只願福地多一些好現象；有的則是網上留言、廢話連篇，開口求職、伸手求官，誰當家，誰就是他力挺支持的對象，雙管齊下地右手能寫、左手能畫，一連串的疲勞轟炸，冀求升官發財、福運旺旺來。頭殼大大思未來，沒有拿秤磅重量，自己從首到腳，掂掂有幾兩。

同是文學中人，該有一股清流，共相勉勵、共體時艱。對於自己文稿的未被採用，自我激勵，不是生氣。更不該如「蜘蛛牽絲」、讓週遭的親友團紛紛掃到颱風尾。

用膝蓋也想得出來，什麼樣的人做什麼樣的事，心胸狹隘之人，給他高官厚祿、甚而全世界，他也不會感覺到快樂。當嗅聞一股暴戾之氣，搖筆桿、搖到大動干戈上戰場，不是好現象。

以往在副刊表現不錯的作者，他們各自擁有讀者群，而作者與讀者來自每個階層，作品與水平各有深淺，只要用心耕耘，不偏離軌道，就有存在的價值。但難過的是，當網路出現一貫的抨擊手法，他們紛紛走避，沒有越挫越勇，實屬可惜。

有意義的建言屬良心建議、無厘頭的攻擊不需搭理。每個人的學經歷不同，創作手法也不一，但只要努力，就能看到好成績。搏版面，要有水準與內涵，深入淺出的修飾內容，只要讀者看得懂，不需大費周章在賣弄。

滿街的公務員，菁英在裡面，但不是每個人都能當主管，那是實力的展現；擁有文學鑑賞力的主編其敏銳度，自有其獨到見解的一面。說他們不專業，理由很簡單，毛遂自薦想為自己掙得一片天。

每個人的程度有深淺，不同世界裡的、當名牌遇到了路邊攤，看得下去就加減看，倘若無法欣賞品讀，不妨閉目養神，思考小蝦米怎會扳倒大鯨魚、大官為何輸給小人物？計算機按按看，那些書寫風花雪月的作者，架上的書籍、熱賣的程度，絕對讓你服輸。他們不需自己珍藏，亦不必自掏腰包、打腫臉、充胖子，買一個排行榜。

儉樸之人過著單純的生活，不需華麗的包裝。文章的露骨，顯現寫實的融入；白話的內容，讀者看得懂。紅塵事，出書作紀念，前有古人、後有來者。

作品出於自己之手，無論優劣，那是創作；倘若剽竊於他人，說今生、道古世，縱然整本書拿去搏整版面，也只會讓讀者摀嘴竊笑於自我的優越而不專業。

淺程度的人沒心機，人情義理記心裡；深內斂的人，良知道德在哪裡？無所不用其極地逼人下台，先看看自己的過去，可別得了便宜又賣乖。或許讀者不知原因，作者該踢爆內幕，寧可當肉腳，也要連綴成篇，由頭到尾將事實呈現，但我習慣點到為止，讓當事人有自省的空間。

文筆不好可再加強，心地不好就無藥可醫，批判他人之前先反省自己。長官拉錯人，船過水無痕；朋友眼睛不夠亮，友誼踢一邊。「面底皮」若不顧，日曆一張張，撕完了一本，還有一本接一本。

二、錯誤的方向

憨厚的兒子不擅於情感的表達，亦無寬廣的人際，適婚年齡父母急，恰如熱鍋螞蟻。近處無良緣，轉而他處求姻緣。跨國界，覓得美嬌娘，娶回故里，視如一家人，捧在手掌心。

媽媽疼兒子、婆婆疼媳婦，家事一肩攬，別無所求，只求這椿異國婚姻，年輕夫妻能白首偕老、一家和樂安康。

小女人在家太閒，悶得發慌，走出屋外透氣，越走越遠、迷了方向。

女人最愛的逛大街，逛出了危機。她和一般女子沒兩樣，喜歡漂亮的衣裳，有事沒事穿梭服飾店，在櫥窗外觀賞、在架子上尋覓，尋找一件又一件，映襯美體的曲線。

不是很起眼的貨色，經過老闆娘的三吋不爛之舌，死人也能把她說成活人。她的口袋越掏越深，試穿的時候，在鏡子前面繞一圈，每件都喜歡。買了回家，怎麼看，就算合身，也不順眼。

婆家沒有限制她的自由，也給她金錢揮霍，愛什麼，只要開口，沒有否決的理由。在婆家，沒人阻擋前方，要風得風、要雨得雨。

有天，她說在家沒事做，想出外找工作。婆家不需她謀生養活，拒絕了她的要求。她悶悶不樂，終日眉頭深鎖，不思打扮，也食不下嚥。亮麗的臉蛋，有了枯黃的顏色；彈性的身段，越顯瘦乾。

疼在手掌心，噓寒問暖明原因，只要看她快樂，不願見她面露憂容，應允給她更多空間享受人生自由。但唯一要求，人生地不熟的她，要懂得保護自己。

她沒有異樣地、每天開心出門、窩心回家，上下班時間都掌控準確，從沒出狀況。當有天，家中忽然有要事，手機打不通、處於未開機或語音信箱，婆婆依循她先前告知的地址尋找，未見蹤影，詢問週遭也無此人。

納悶的婆婆發覺事有蹊蹺，不動聲色地扮起徵信社追蹤。當媳婦打扮美美地進入一間指壓護膚中心的二樓，婆婆尾隨跟上。眼前的一幕，嚇傻了她！作夢也沒想到，最疼惜的媳婦，此刻與她相好的男人，不是自己的兒子。床上的男女，一絲不掛、赤裸地上演成人世界裡的激情戲碼。

淫聲喘氣、任人騎的媳婦沒有悔意，當婆婆的她不敢相信這是事實，傷心決堤。在色情氾濫的今日，自家也被波及，兒子究竟戴了多久的綠帽子？而藏身在背後的那一雙魔手，又是何方神聖，能將一位良家婦女推入火坑。

掛羊頭、賣狗肉的美容指壓，吸引女人的眼睛，更誘惑著男人貪婪的目光。那春色無邊的地方，是老闆娘賺錢的所在，已一大把年歲的她，將自己打扮得格外入時，濃濃的妝、時髦的衣裳、刺鼻的香水，讓她成了不折不扣的媽媽桑。

平日很摳門，對於讓她相中的小姐很大方，她不擇手段地說遠說近，說服涉世未深的她們一脫成名、享用不盡。想輕鬆賺錢的她們，答應瞞著家人、以天生的本錢先試試。有一次，就有兩次，由生疏到熟悉，老練得可以。

當接駁車來來去去，她的指壓店燈紅酒綠，左鄰右舍人盡皆知，但無人敢將她們轟出去。老闆娘的勢力，誰敢得罪，沒人惹得起。

異國姻緣就此了斷，也毀了一個美滿的家園。她的婆婆含著淚，至今仍不敢相信疼愛的媳婦會在他人的慫恿下，誤入暗流，捲入了漩渦，幸福的家庭，從此瓦解，再也沒機會回頭。

三、希望的種子

一個她，可以容納兩個我。

三十出頭的她，未婚，在台從事美髮已有數年的歷史。半年前，習佛的母親要她返金，自己開業。在每月八千塊租金的店面，當起了老板娘，以平價服務鄉親。

有按摩、有護髮，收價一百二，比他家便宜，生意雖不是川流不息，但也留下基本客戶。

初次相見，看她隨性地將身子攤在休息椅，她問我，是不是被她的隨便嚇一跳。個人的生活習慣，我不便置評，但隨之而來的是她與外表不甚搭襯的愛心。

她說，她的專長就是美髮，我們的志工行，如有這方面的需求，她願意配合剪髮，服務那些不便的鄉親。曾經，她到一個地方作愛心，有服務員也要求來一下，剪那免費的頭髮，當下她拒絕，氣憤於有收入、又有行為能力的人臉皮怎能這麼厚，要搭順風車。

每天眼睛一張開，租屋裡的基本花費就看她每日業績的好壞，但她願意在行有餘力時，多多付出。她說，此時不做、待何時？現在幫人，哪天她需要人幫的時候，會同樣有人拉她一把。

少了得力的助手，一人太累。能將「吃苦當吃補」的人終究不多，她也有請過助理，以誠對待的結果，依舊留不住人。待沒幾天，有的腰痠、有的腿疼，耐不住久站的，紛紛求去。她很失望地卜卦問迷津，來一個、就會走一個，孤軍奮戰是必然的結果。

有多少能力就做多少事、有多少能耐就接多少客人，她不強求。而將每個客人服務滿意，是她開店的原則。

說著說著，她發現了我的痘痘，順手一擠，「我最愛擠痘痘了！」

「這是毛囊發炎，千萬別擠它，我已看了醫生擦了藥。」被她突如其來的舉動及熱心的舉止驚了一下。

接著，她要免費幫我修眉毛。我這有點粗、活像「將軍眉」的殺氣眉毛，已有多人要我剔除後、重新紋眉，細條型的柳葉眉可塑造柔美女人味。我從沒放在心上，這與生俱來、早已被貼上的臉部標籤，跟著我上半輩子及下半輩子，別人想要還要不到哩，固執己見的我，不去改變它，繼續當「將軍」，再升格當「元帥」。

她母親素齋、她吃葷，但不殺生，每月賺錢奉養，圖報於懷胎十月的辛勞。

很多行動不便者，環境難維持清幽雅境，接觸的霎那，總有一股異味襲鼻，先了解未婚的她，能否接受？

驚訝於她非但不排斥，反而告訴我，她可以幫忙梳洗，會將他們當親人看待，這樣接觸起來比較自然。她認為只要有心，就不會難為情。

四、送餐

特別需要的送餐服務，照顧了生活欠周詳的老人家。

區域裡送餐，反應了獨居生活的不便，在菜色的選擇，長者希望「煮爛」一點，讓他們食得下嚥。尤以滷肉的Q勁，他們只能眼睛享用、鼻子聞香，一口幾乎壞了的牙齒，無法真正品嚐。

四面八方的愛心，人、事、地、物，要用得對稱。除了許多單位得到府服務，尚有軍方的愛心送餐，窩心的老人家感念再三。

島嶼福利好，孩子們享用了免費的營養午餐，每個學校都有廚工，張羅於菜色的搭配，讓色香味俱全的佳餚，呈現在每個孩子面前。然而，剩餘的飯菜，應充分的做到盡善盡美，將它們用在該用的地方。

學區附近總有許多弱勢族群，送餐到府既不浪費食糧、也溫暖了他們的胃，何樂而不為？曾經共襄盛舉於錯誤的訊息，一位老師在午餐之後，告訴學生要將剩餘的菜色盛裝，將攜回鄉下給獨居阿婆。當孩子告知，我很樂意地提供半斤袋與一斤袋，還鼓勵孩子一起幫老師完成做善事的心願。事後得知，原來老師每天中午將剩餘的菜色拿回家冷藏，待同是上班的妻子下班返家，再將菜餚熱過，全家一起享用這政府的德澤。

有錢人更「貓」、省錢有撇步，平日的錙銖必較、省喫儉用，造福了自己的子孫，留臭名於外人。

錢要花在刀口，德政不要落人口實。學校就要開學，午餐依舊在，詬病要修改。那些大剌剌、為省飯錢的「師表」，節儉雖然是美德，但要看地方。

幾乎每天都留存的飯菜，除學校的弱勢學生，社區裡的弱勢族群，都是幫助的對象，賞他們一碗飯，並不困難。

或許人力分配有困難，尤以午休時間。但學校配有替代役男，已有多年歷史，但每個人的表現，在人腦記事簿裡，總留存印象。有些配合度高、有些師長無能使喚，反應了紀律的欠周詳。而讓他們從送餐開始，體會愛心的付出，這只是舉手之勞，應該樂觀其成地普遍推動。

五、媳婦熬成婆

長子與長媳，租屋做生意，沒有父母緣，怎麼看都不順眼。她遠離了家鄉，孤軍奮戰，發誓有一天，苦命的媳婦倘若娶媳當婆婆，不囉唆，一切隨緣，給年輕人方便。

兒媳還台、謀生未來，逢年過節，返家團聚。兩個老的，捨不得他們幹活，要他們休假就安心調養身心、出外踏青。

天剛亮，公公婆婆輪流上市場，選購新鮮的魚肉、生鮮的蔬果，返家烹飪，為下一代的營養把關。

當了婆婆的她，待媳婦如女兒，捧在手心，怕她飢寒。雖然她已媳婦熬成婆，但將心比心，要讓媳婦好過。

過去的婆婆對她不好，她心中不舒服，但不顯於臉色。當她手中的湯匙餵著罹病的婆婆，婆媳不語，心裡都在回味過去。

兄弟多、妯娌多，父母的偏心舉止，常引發不被重視的兒媳肚裡不舒暢、心裡有怨言，隨著時間一分一秒的飄過，心結更難解。

已當阿公阿嬤的他們，有錢有閒，在豐收喜悅的背後，也曾心酸。

六、回眸

古厝大門反鎖，屋後的一扇小門人影晃動、身影出入在其中。輕輕敲門，喚住屋裡的人們，從門縫中探尋，那是一對夫妻，年齡有一點差距。在門外道明來意，也在門縫間隙眼神追尋。本於屋後乘涼的夫妻，快步進入屋中。丈夫要妻子趕快幫他戴上氧氣罩，不離口的三字經罵她動作太慢。

一切就緒，只聽見他從嘴中發出呻吟聲與求救聲：「哎……救我……哎……救我……」

他的妻子前來應門，告訴我們丈夫不適。我們除了噓寒問暖，也告訴他趕快求醫，以免出事。

蓋完印章，抽出紅包袋裡的千元大鈔慰問金請他們清點。做妻子的接過；他則取下氧氣罩，問我慰問金多少？告知X千，他又戴上氧氣罩，繼續「哎……救我……哎……救我……」

據他的妻子陳述，有人來訪，他會緊張得氣喘發作。擔憂於我們的出現，他會「不明不白」地死在我們的手上，那將是一大罪過。千叮嚀萬囑咐要他小心病體，來人以關懷之心祝他早日康復。

踏出古厝，他的妻子隨後將大門反鎖。道別之際，我回眸，低聲地問：「妳是XX人。」

「妳怎麼知道？」她訝異地反問我。

「聽妳的腔調。」我肯定的回答。

她「送客」之後，反鎖大門，我已聽不見「哎……救我……哎……救我……」

前奏的幾乎嚇破膽，後奏的想救他，但無從救起。

七、葉子不要再飛了

小貨車上，坐了四個女工，她們頭戴斗笠、以花布巾包裹防紫外線，身穿長袖衣遮太陽。這樣悶熱的天候做粗活，下班之後回家，弄個竹筍沙拉或竹筍片燉排骨湯，既清涼解渴、也要回消耗的體力。

車子行駛在大馬路上，清靜的家園有人管，筆直又乾淨的路況，來自掃街的阿桑，每回看他頂著烈日、一枝竹掃帚通行無阻，才有美觀的門面。而一樣在艷陽下過日子，前一個掃地、後一個丟棄，真的說不過去。

貨車上面的阿嫂在長長的這條路上，揮灑一片又一片、青青的竹葉。她左手拿竹筍、右手剝筍殼，將夾雜鵝黃與青綠顏色的殼子順勢而丟，整潔的路面飛舞著筍殼，隨風起舞於壯觀的畫面。

我們的車緊跟在她們後面，此情此景，看不下去地按了喇叭。她大姐先是愣了一眼，「住手」一下，改不了隨便德行地就是不鳥你，旁若無人、手中彎曲的竹筍殼猶如往生灑冥紙般地跟著車尾甩出去，只差沒古樂，飛舞在天際，隨後平躺於地面，任憑後面的來車輾過。

我們在與她不同方向的叉路口轉了個彎，後面還有車跟上，不知道她灑竹筍殼的距離有多遠？這樣隨性，同車的人難道都沒看見？或者見怪不怪地睜一眼、閉一眼？

在烈日艷陽下掃馬路的阿桑，如果看到這一幕，心裡鐵定不舒服。而如果讓觀光客親睹，想必印象又打了折扣。

八、心境

一樣「死人」，兩樣心情。

前後時間，走了兩個人，都是男人。前一個家屬哭紅眼，兄弟姐妹柔腸斷，含淚訴過往，但願下輩子再相見。後一個眷屬冷淡看世面，各忙各的，彷若事情與自己無關。

親友間，依交往深淺，生與死，適度關懷。看冷暖世間，親情呼喚，有熱情、有冷漠。加護病房與命運搏鬥良久的男人，親人會客時間必出現，關愛的眼神、呵護的舉止，在在看到親人的互動。當熬不過命運的捉弄，撒手人寰，晴天霹靂轟家園，一家老小哭斷腸，稚齡的孩子再也不見父親慈祥的容顏。兄弟姐妹圍一圈，整綑筷子不易斷，和諧善後，心哀淒，人相繫。

後一個男人身體雖欠安，但走得突然，在社會上擁有一點小知名度的孝子不孝、孝媳不慈，簡易的喪禮，不是為響應簡單隆重，而是平日的摳門，只為自己的嘴與胃，不管他老爹。

許多老人家，平日省喫儉用，一分一毫都捨不得花費，留下鉅款，讓下一代少奮鬥，「手尾」之多，往生後才浮上檯面，原來那個平時穿破破、看似可憐的人是「阿舍」。

養兒育女，天經地義，當孩子大了，要靠他們自己的實力，老人家辛苦了大半輩子、掙得了一些財富，趁著能走能跳，即時享受自己的人生。

「祖公屎」放再多，端看年輕人的表現，也要他們能守。

九、又有了

換季整理衣櫥，幾件結婚時候，較寬鬆的衣裳，捨不得丟棄，拿來舊衣新穿。路上已經少人穿套裝，我這下水、日曬、熨斗燙過的衣服，雖看得出過時，但保存得宜還算新。

溼熱的天候，不透氣的衣物，惹來身上許多痘痘，紅腫化膿，癢呀癢、抓呀抓，破皮一片片，時好時壞地、反覆於表皮與真皮的發炎，困擾許久。看了醫生、擦了藥，壓制了下來。當氣候溫差大，它又一顆一顆的冒出來。

透氣的雪紡珍珠紗洋裝，三件一組，買了它，輪流穿在身上，果然舒適。但它猶如孕婦裝的蓬鬆，也惹來了「妳又有了」的關懷眼神。

「這一胎的月子要好好地做。」

「妳怎麼這麼不小心，高齡產婦很危險！」

「這胎是男還是女？」

「什麼時候生產？」

「妳真有勇氣，增產報國啊。」

再過幾年，我就五十歲了，如果早婚，都要當阿嬤了，我不應該粗心地讓兒子與孫子年齡差不多。

懷孕中的女人最美。拜中年發福及寬鬆洋裝之賜，在鏡子前面一照，我真的變肥變胖，游泳圈都出來了，活像個身懷六甲的孕婦。這個凸凸、像懷男孩的肚子，看上去、有五個月了？

吃飽撐著，慵懶地躺在沙發，這就是不運動的後遺症。藏不住的「大肚皮」，沒勇氣抽脂，繼續給它大下去。

十、留下電話

帶著孩子出門，逛了街，已是日落斜陽時刻，各個飢腸轆轆，找一處地方用餐勢在必行。悶熱的天氣，走沒幾步路，就已汗流浹背、氣喘吁吁，隨意找了一個離腳步最近的地方停歇。點了幾盤鐵板麵，才要動筷子，群蠅亂舞，牠們彷彿聞香而來。老闆邊擦拭著額頭的汗水，邊驅趕著這群不速之客。

吃，只是填飽肚子，不一定要講究精緻，但一定要講究衛生，這種概念不是光說不練。更何況，吃得太好，肥肉不知往哪跑？很多觀光客對島嶼存留的印象，有關「吃」的品質，不敢領教。

偶爾外食，我喜歡坐在離爐灶最近的地方用餐，眼睛輕飄於掌廚的一舉一動，也曾遇到最後一道、店家附贈水果的錯愕畫面，當柳丁切片、掉於地面，廚房的阿嫂腳後跟一踩，變了個形狀。她撿了起來，在手上捏一捏，擺回盤面，若無其事地端上桌。當然，這一盤水果，我們原封不動，下一桌客人「有福了」。

曾經撞見不衛生的個例，披露於作品中，許多商家不用三頭六臂，只靠兩隻手臂，環境髒亂不說，污垢的手雙管齊下地拿食物與找零錢，留存病菌於客人之間。你看他，他搖頭晃腦愛耍寶，帥氣無法擋地什麼招式都有，就是沒有不好意思。有次，遇見「對號入座」的老闆，他先是笑笑，再是告訴我：「我們店裡重新整修，比以前乾淨許多，歡迎光臨，給妳優惠。」

這下「知死了」，以後怎敢再去他的店？萬一在菜裡做一些特別的小動作，真給我一個「使杯朽」，不給他「驚死」才怪。

初見面的年輕老闆抬頭，問我住哪邊、「貴姓芳名」，拿出紙筆要我寫下，大家認識做朋友，以後聯絡方便多聚首。

憑心講，這樣做生意，真的會嚇跑客人。而且看在那些蒼蠅的份上，要我再次光顧，有點困難。

十一、魔咒

恩怨糾葛幾時休，親人恰似陌生人。

上一代的恩怨，延續到下一代的身上，世世代代的恩怨情仇，連老祖宗看了，心裡都會難過。

每年祖先的忌日，從農曆正月到臘月，依日期記載，婦道人家張羅菜色與冥紙，跪拜求平安，也讓他們在陰間好過日。開基始祖冀求枝葉茂盛，後代子孫綿延，然而一代接一代，總有摩擦的年代，親人不來往，相見瞪白眼。多少難聽的字眼，刺耳得連路人甲都停下腳步聽端詳。

忌日的擲筊，不是「笑杯」、就是「陰杯」，難得有「聖杯」。問神明、一探究竟，原是祖先都感難為情。

由家裡吵到小巷與大街，財產該屬誰？屋宇只有一棟，「共有」麻煩、分割困難，誰也不服輸。分割到最後，一個大餅變成一粒小芝麻。

沒有好情感，禮讓吃虧，他捲起鋪蓋走他鄉，不回首，手足爾後橋歸橋、路歸路。

發誓不再有任何瓜葛，數代老死不相往來，婚喪喜慶不打招呼，就連異鄉的路上相遇，也如陌生人。

本是同根生，相煎何太急。不平衡的心態，彼此下了咒語。一個要對方絕子絕孫，一個則回敬「死無人哭」。

零星炮火、對峙不斷，交織成綿密的火網。魔咒一日不解，難有和平之日。

十二、面具

夜深人靜的晚上，她推了婆婆一把。

年事已高的老人家跌坐在縫紉機旁的椅子上，無辜地看著她。社團常有她的身影，活躍於舞台的女人，外表看似溫柔，實為潑婦一個。

站在她家門口，看到了目無尊長的一幕，是該掀開她假面具的時候。「婆婆大聲講、媳婦小聲回」，她家則是「天地倒反」，她一臉冷漠的表情，從沒給婆婆好眼色。

公婆的節儉個性，賞賜她一間市價千萬的店面，讓他們夫妻耕耘。不用勞力、不需本錢地坐享其成，當公公離去後，婆婆是她的眼中釘。

溫順的婆婆，給了凶悍媳婦爬到頭上灑尿的機會。沒有老伴的加持，她毫無尊嚴地活在人世間。人雖高齡，當選過模範的媳婦教他人孝道，從沒對她盡孝過。

視若無睹於婆婆的病體欠安，每晚樂音高揚，腳上的高跟鞋，踢踢踏踏，不管病人身體要復元，需要安靜休養的時間。

婆婆走了，她簡單處理後事，拔除了眼中釘，鬆了一口氣。同樣地，留在世間嘗苦難，沒有一絲尊嚴的婆婆，她的走，也是一種解脫。

褪去了黑衣褲，她在音樂的伴隨下，享受著她的人生，一如往常的親和。除了她的丈夫，惟有她自己知道曾做過什麼缺德事。

十三、騎樓下的身影

不用上演員訓練班，天生「奸臣臉」的他，總喜歡穿梭在人來人往的騎樓下，說張三不是、道李四長短。

外型與內心相似度百分之百，「心壞無人知，嘴壞眾人知」，他樣樣都很壞，專門搞破壞。一樣開店做生意，獐頭鼠目的他沒有好前景，事業成為半歇狀態，幸有老人年金供他日常花費。

驅走了賢慧的兒媳，年輕人出外自食其力；自作孽地再來一對，此刻趕不走，無法「清幽」。三代同堂的結果，難享天倫之樂，終日眉頭深鎖，當起了「老奴才」，侍候著下下代。

兒孫上班與上學，他樂得清閒，戴著一付老花眼鏡、叼著一根香煙，在騎樓下走過來、晃過去。沒人理他，自討無趣地回家。

回家與老伴相對看，從年輕就喜歡塗一口很紅的口紅的老伴，無法討得他的歡心，屁股還沒坐熱，又逛了大街，再逛也是那條離家最近的騎樓。

一條街，多種營業，他最喜歡看辣妹，辣妹白了他一眼，嘴中喃喃自語「老不修」。他識趣地離開，但真的沒事做，又折了回來，身影一晃一晃，成了不折不扣令人厭惡的人物。

有一天，騎樓下不再出現他晃動的身影，大家都感清靜。原來他又另覓新居，開著那部老爺車，老遠地到一個很多「眉眉」的地方，不甘寂寞地繼續晃呀晃……

十四、孤影

櫥窗外，一個孤單的身影獨坐，手中的杯子倒滿著熱茶，沒心情品茗、沒意境嗅其清香味，腦海盡是殘破不堪的回憶。

他的眼神呆滯地望著遠方，看人來人往，心底五味雜陳於家的不平靜，那遠嫁的女兒離異後，成了他心裡最大的隱憂。愛面子的他，曾是風光嫁女，如今破鏡難圓，美夢難實現。而自己的事業，越做越窄，終至關門一途。

自己無法鴻圖大展，換人做做看。靠著每月的租金度日，想安享晚年，無奈家裡又出狀況。每天眼睛一張開，如行屍走肉般地，沒有人生的歸向。有天，他突然當起了「報馬仔」，樂活了起來。

他開始守候於挨家挨戶的突發狀況，如徵信社一般，樂此不疲地享受著他的嘴賤。耳聽為虛、眼見為實，他的路，越走越窄，猶如他的生意，最後失敗。

他那孤獨的身影依舊徘徊，髒兮兮的衣服還是那一套，在大熱天，經過他的身旁，異味襲鼻，他自己沒感覺，呼朋引伴，最後還是自己一個。

他依然坐在櫥窗外，孤零零地看著來去的車輛，偶爾，吸一根菸、下一盤棋，這已是他人生最享受的時刻。大部分時間，他無所適從地、連自己都不清楚所為何來？

十五、小蝦米扳倒大鯨魚

大師級的人物，倒臥血泊中，她是始作俑者。

她是已婚的女人，他是已婚的男人，一拍即合地、他為她金屋藏嬌於無人懷疑的地方。

他為她開了一家店，讓她掌權。她年過半百，臉上的皺紋道出歲月的痕跡，業績不怎地，按理該淘汰於人事異動的出局。但他心甘情願、不說半語，繼續維持於入不敷出的主雇關係。

出差，是幽會的好藉口。男女二人瞞著各自的另一半，走遍鄉村與都市、玩遍青山與綠水，在兩人的世界裡纏綿綣繾。

他高大、她瘦小，不成比例的外型，沒有影響兩人某方面的協調度。無論男上女下、還是女上男下，相遇許久、相處多年，從不厭倦。

他倒下於縱慾過度，揮霍於「血水」的無止盡；瘦乾的她，又是如何辦到？

當他躺在床上，她沒有難過的神色，穩坐地下老闆娘的位置。還有思維的他，怎不恨之入骨。

他的心中有想法，嘴巴不能說；她則視若無事，不去管業績，無人能取代的權利已掌握在她手上，她不怕、真的不怕。

十六、天公不作美

「六月一閃沒半滴、七月一閃跑不及」，接連的雷聲大、雨點小，在酷熱的六月天，渴盼一滴水都困難。

夏季的燥熱，沖澡舒暢，待在冷氣房更順暢，只是帳單出現，可觀的電費讓人暫時憋氣。

「歹年冬」，沒有豐收的喜悅，叫苦連天有播種、沒收穫，望天興嘆又奈何。好幾個傍晚，走在鄉間，賞明媚的夜色、聽蟲聲呢喃，忽然天上一波波的金光劃過，隨之雷聲四起，以為就要下雨了，匆忙的腳步，因阿婆的過來人經驗突然止步。老人家口中的俗諺俚語，道出了節令的規則，她說了很多，耳朵雖然有在聽，回家之後忘得一乾二淨。

收穫的季節，是農人的喜悅，而今年卻欠豐收，苦中作樂，除當運動健身，又能如何？往年的瓜農，在六月的時候，搭一個棚子遮陽，瓜果結實纍纍，按斤計兩算，過路的人客紛紛停下腳步，為瓜農帶來不少財富。

今年氣候異常，既下大雨、又出豔陽，瓜農叫苦連天，西瓜死翹翹、香瓜好不了，還沒露臉，就宣布存活沒希望。那天路過一片田野，遠遠就瞧見一處遮陽棚，那是瓜農的血汗，也是我們歡喜見到的景象。我們停下車，買了兩顆回家品嚐，不出手，請瓜農幫忙挑鮮甜，回家刀子一切，白色的果肉，四周是變調的顏色。看來，瓜農沒有喜悅的神情，歸咎於天公不作美。

十七、買賣

買賣的糾紛，時有所聞。

她有購物狂，無法節制地看到東西就想買，總超越所需。親人為之頭痛。她訂購了一架價格不菲的鋼琴，廠商由台下單，就要運輸，親人發現，連忙制止。一通電話，廠商了解實際情形，不追究地放她一馬。但這樣終究治標不治本，親人必須膽顫心驚地隨侍在側，一有風吹草動，立即危機處理。

老人家走進一家早餐店，點了一碗廣東粥，然後走出店門，不知是不耐久候、還是記性差、急著要回家。隔幾天，她又走進早餐店，一樣點了廣東粥，等候許久，其他客人一個接一個地取走，惟她孤獨守候。老人家起身，問明究竟，商家不疾不徐地說，不做她的生意，她已列入黑名單。雙方你來我往，留下疑惑於客人之間。

服飾店的老闆娘一天穿一套、褪一套，標示牌沒藏好，露出衣服外，隔日繼續賣，眼尖的客人看穿，戳破了她投機取巧的心態。老闆娘為堵住她的嘴，半買半送地給她優惠，從小閣樓取出許多過季貨，衣物上頭留有異味，表示屋宇狹小、潮溼又通風不良。陰暗的燈光，她看不出異樣，半信半疑地買回家，在陽光下發現瑕疵連連，回頭訴端詳。老闆娘心裡有數、這些早該丟入資源回收車的衣服，好不容易遇見了冤大頭，平白賺一筆，不輕言退貨又惱羞成怒。一傳十、十傳百的結果，服飾店再也沒有往日門庭若市的生意。

她在自家二樓，盯著對面的小吃店，小菜一碟碟，前一個客人用餐完畢，剩下的菜餚拼裝下一盤，上頭的「舖盤」美美、下方的則是拼拼湊湊。她良心建議，勤快一點自己煮，少吃外食。外食族擔心吃到不潔食物，也擔憂病從口入、各項疾病傳染。三餐老外的人們，不吃這家，也要吃別家，哪一家才能讓人吃得安心？

十八、入厝

婚後組織小家庭，簡單地翻閱日曆上的黃道吉日，安神位，拜地基主，即全家遷入新居。數年後，老家的新屋完工，礙於在國家公園範圍內，高度不能超過規定的標準，三樓半的建築，頂樓的佛廳，狹窄與低矮、出入的不便，令人傻眼。整棟外觀雖然美侖美奐，裡面的格局與實際需求大有落差。

手足之間，另一半排行最小，而上有長輩，這棟現代化建築，從頭到尾，我們高度配合、沒有參與意見的空間。當大功告成，自然與心中理想的家園差之甚遠。

入厝那天，遵從公婆旨意、依循古禮，在看好的時辰裡，於清晨五點，全家起個大早，驅車回到老家。公婆走前方、我們跟後面，公公手中灑銅板，大富大貴大發財；婆婆拿米糧，世代豐衣又足食；先生捧斗燈，添丁進財入家門；兩個兒子端鳳梨，好運旺旺跟著來；女兒提油、我拿發粿和紅圓，從樓下到佛廳，拜神明、燒金紙、燃放鞭炮。接著以牲禮、湯圓、菜碗、金紙，拜「樑神」，庇祐平安順遂、福祿壽喜。

新的流理台，洗手作羹湯，未請婆婆先行嚐，因我不是新嫁娘，婆媳相處已近二十年，口感的喜好我明瞭。按習俗，在新居煮，熱騰騰的爐灶，人氣興旺。地基主拜過，全家圍成一桌，入新厝也慶團圓。

暫住舊居，新厝選擇來來去去。

原載二〇一〇年九月二日《浯江副刊》

全都錄

一、發燒話題

〈送餐〉一文，讀者反應熱烈，有人佩服我膽敢書寫這一個區塊的勇氣，將教育界不當的一面公諸於世，同聲譴責那些為人師表不該與弱勢族群爭食。

然而，我也受了極大的壓力，有人「唸報紙」給不識字的婆婆聽，指我不該寫壞、而該寫好，老師倒飯菜，有什麼大不了。長輩的施壓，我不是第一次，而問心無愧於筆耕，是我在文壇立足的原則，敢上槍林彈雨的戰場，就不怕陣亡。就算今日在地上找公婆告密、明天到地下跟父母告狀，我心坦蕩、堅持理念，不屈服於他人的威嚇。

人各有志，我不隨波逐流，始終堅持做自己。一個寫實的作者，眼所見、耳所聞，將它躍然於紙上，對讀者群負責、也對自己負文責。

一個既得利益者，有何格調反彈於作者書寫事實的真相、而不檢討反省自我要求的不高。將午餐剩餘的飯菜帶回家，而不去幫助那些弱勢族群，主事者則是怕得罪人，睜一眼、閉一眼，裝著沒看見，這在許多校園裡、存在著普遍的現象。難道他們薪水不夠多、吃飯吃不夠？教育單位，身教與言教兼具的同時，不該省思？如此之教育，孩子有樣學樣，踏出校門，活生生的縮影，他們的未來在哪裡？鄉親難道應該豎起大拇指叫好，再為他們歌功頌德一番，給他們拍拍手、幫他們放煙火？

深入校園探索，好老師很多，他們堅守崗位、默默奉獻，平日用心表現，不遲到、不早退、也不違規，可惜人氣指數不高，灰頭土臉沒人緣；至於品德欠佳的教師，本身的學養都有問題，何來身教之有？倒是有後台撐腰，心機重、嘴巴甜，記功嘉獎、獎不完。在種瓜得瓜、種豆得豆的教育下，「瓜」從哪裡來？「豆」從哪裡來？教育要往下紮根，不是作秀心態。

社會型態的轉變，連教育都走了樣，說出真相，恐怕出門要防彈。而我命一條，不受任何威脅。謾罵與圍剿，只會激起我挖掘更多社會的亂象，倘若對我作品有意見，不需找婆婆，直接找我。自結婚以來，我沒婆婆的緣分，但是我盡本分。至於寫作這一區塊，我看、我思、我寫，任何人都無權干涉。

有位校長不甘心於被網路留言，他說不能接受批判，硬指上網張貼的人是我。我是個電腦白痴，跟他澄清於網路留言不是我，但也說明此現象已是公開的秘密，他敢發誓他們學校沒有不良示範？他人要留言，與我何干？他則怪罪於我，認為事情因我而起，倘若我不揭弊，就會平靜無波，更不會引起廣泛討論。原來，這就是教育？

人如果是非不分、黑白不明，他人講什麼，不分青紅皂白跟著瞎起鬨，那還有什麼尊嚴與格調可言。

「偷吃狗、知心內」，反彈的聲浪襲擊而來，真是得了便宜還賣乖，只能說厚顏無恥的人活得較暢快。

小時後的敵我狀態，單打雙不打，躲防空洞的日子，當砲彈咻的一聲，由天際間劃過，我沒當炮灰；現在，筆是我的槍，關懷與捍衛這片從小生長的土地是我的職責，我依舊活得好端端，還沒陣亡。

寧可封筆，也不隨波逐流。雖然正義常常會遲到，但我堅信早晚會報到。

二、口角

走過一攤又一攤，琳瑯滿目的攤位，看來看去，熟悉的面孔就是那幾位。儘管島嶼常有招商的廣告，夜市擺攤、看辛苦人生，但熱絡的景象總不及台灣，帶動不了人潮。

逛呀逛，逛到一個「點痣」的攤位前，老闆看到我，眼睛一瞄，指著我左臉頰的一顆「蒼蠅屎」說：「妳臉上的這一顆痣，趕快點掉，那一顆留在臉上，會發生口角。而且點了它，福氣富貴會跟著來。」

點一顆痣一百元，去除之後，大富大貴大發財，按理應該讓他點，突然想到有一位將軍，本來平步青雲，在接受他人好心勸導下，點去了臉上的一顆痣，之後不但沒有升大官、反而身陷囹圄，吃那免錢飯。

霎那間激起的靈感，決定不花這筆錢。這張臉，「父母生成」，「落土八字時」，已注定了我的一生，在這個階段，我有兒有女、有吃有住，還奢求什麼富貴。

生來，我就不是很得人疼，而在這之前，我的一張臉，潔淨無瑕，隨著走入婚姻，孩子接二連三，孕斑、雀斑、曬斑，還有越看越像的老人斑，斑斑點點，佈滿一臉，倘若要一一去除，想必要砸下鉅資、重金禮聘一流的美容師、算命師。

已經到了這個年紀，該有的、都有了，不要富貴、只願順遂。至於口角，人不惹我、我不惹人，「隨人洗米、隨人落鼎」。人人頭上一片天，各人顧好自己的生活圈。

三、慾望

琳瑯滿目的包包整齊地排在架子上，吸睛於閒逛的女人眼簾間。看的多、買的少，因為她們不需要。

「警察來了！」攤位裡的一個男人對著另一個男人說；路人甲也停下腳步，瞭解狀況、八卦一番。

穿著制服的警員走近，與攤位裡的男人面對面，案情在裡面，原來攤位遭人光顧，夜深人靜不安寧，欲查詳情，報案細說分明。

半夜有人巡守，也會遭小偷，治安顯見需加油。受害的一方，懷疑一女子涉案，但證據不在手，求助警方找線索。

路口監視，留存每個過路者的影像出入，巡守的人員出面做筆錄、說端詳，即能受理、找出順手牽羊的一方。

屢見不鮮的場景，結局如何，我沒繼續聽。但願順利揪出元兇，不管是男是女，殺雞儆猴，減少犯罪機率，給治安加分。

堆疊如山的貨品，任憑顧客挑揀，有規劃的犯案，尋找下手的目標，得逞之後，有一必有二、有二必有三，越偷手越癢，有時成了不易治癒的病況。

一位同鄉開店做生意，抱怨東西常不翼而飛，每當特定人士進入店裡，物品就會長腳飛走，但苦無證據。跟她提了一個建議，安裝監視器。她也認為有其必要，立即處理，果然，遺失的機率越來越少，她鬆了一口氣，爾後店裡靠機器，一對眼珠子不必盯來盯去。

人的慾望無窮，手腳並用要用在正途，千萬別逞一時之快，這種順手牽羊的畫面不好看。當誤蹈法網，那就得不償失。

四、貓狗爭食

當溫馴的貓遇上暴戾的狗，那是什樣的結局？

貓有主人緣，隨性出入她的家園，成了女主人捧在手心的寵物。

每天，女主人為牠準備一大碗魚骨，牠跟進跟出、開心地跳躍著。當牠低頭淺嚐，忽然出現了一隻土狗與牠爭食，從沒看牠發過脾氣，這回氣鼓著身子、弓著腰，眼珠瞪著對方，一副護駕地盤的模樣。

花貓喵、土狗吠，吼聲越來越大，聽得雞皮疙瘩，驚動了街坊。探頭看，原是貓狗爭食、互不相讓。

女主人護貓心切，站在貓狗之間，充當和事佬。貓兒叫、狗兒吠，誰都不讓誰。女主人靈機一動，進屋再端一碗，貓歸貓、狗歸狗，劃分了界線。

屋簷下的貓狗不必再爭食，從此和平相處，看不到互鬥，只瞧見了嬉戲。不同種類的動物，開始了互動，有天，小貓竟然跳上大狗的身上，既按摩、也抓癢。就好比處於現實人生，人們的嘴臉。

五、一張名片

跨海來金工作，舉目無親，認識了他，遞給一張名片。

工人落腳公園，身體不適、突然暴斃，身上無任何物品，只留存那張名片。警方依循上面的聯絡地址與電話，找上了他。

他立即幫他聯絡在台的親人，讓他歸鄉。從未謀面的兩人，非親非故，在臨終前相遇，幫他找了親戚，不至於客死異鄉。

外地深入島嶼「討趁」，離鄉背景，「無親無戚」的男女自求多福，他們常如孤兒一般地自食其力，往往發生事故，住家在何處？親人在哪裡？聯絡無線索，如螞蟻在熱鍋。他在這樣的緊急情況之下，助他一臂之力，幫他回鄉，落葉歸根，了無遺憾。

外人說他「包山包海」，他樂在其中，要看病、他幫忙找醫生；遷戶籍、寄居他家裡，沒說一個不字，大家歡喜就好。

同一個管區，另一個則是常自掏腰包，幫助那些有家歸不得的離鄉過客，買棉被、送便當、專車接送。愛心默默做，長官不知情。

收入不是很多，愛心不落人後，十年沒調薪的日子，大家省喫儉用過日子。雖然資深，給一個人名，就知他的家境，但一年一聘，有了今朝，明日不保。在穩坐辦公室的世界裡，冷氣吹涼、不必風吹日曬到外面的人們，誰為其請命於他人「坐」一個月的薪水，他們要「做」數個月。

心中有愛，只問耕耘，在他們鬢髮微白的日子裡，想的還是如何普渡受苦的人群。只要他們好過，自己辛苦算什麼。

六、師生緣

師生緣、在人間，數十年的情感，毀於一瞬間。

一日為師、終身為父，因他的失信，師生緣盡，畫下句點。

他欠她一句道歉、更欠她一個公道。身為主事者，部屬使喚不動，任人擺佈於春風化雨的地方。要連任，不能出狀況，要她忍耐、求成全。

師長教學，有薪資可領；家長付出，志工心情。因為心中有愛，她對校園付出關懷。而當她帶著遺憾離開，難過於人情不在。

部屬有瑕疵，主管難辭其咎，當兼職人員遞上辭呈，應該快刀斬亂麻，大刀闊斧整頓一番，而非說盡好話，慰留拜託，讓校園集結成氣，主事者被吊在半空中，成了不折不扣、任人擺佈的布偶。

來自四面八方的撻伐，過於內斂、不敢批判的他豎起白旗，心中有譜是非善惡，嘴巴不敢得罪，犧牲了正義凜然的她。

每有事情，她情義相挺，因為他倆比他人多一層師生緣，在眾人論他是非的時候，她跳出來幫他解釋、擋子彈。終有一天，看出了人性，在利與益的結合下，他以生意人的心態，顧全大局，西瓜偎大邊，將她甩一邊，為了自己的前途著想，不守諾言，令她心傷。

護短，護出了危機狀況，學子紛紛走遠，家長心驚膽寒。人數越來越少的地方，不單純的原由，明爭暗鬥，全是魄力不夠。

人雖在高處，手中沒有實質的權利，迫於現實的無奈，他要她忍耐。她是個講義氣的女人，給了他許多時間處理棘手問題。當師長無理要求，家長協調溝通，被批「怪獸家長」，而他以敷衍之姿，讓她認清他的真面目，原來世上的正義沒正義、公理沒公理。她失望地離開，師生緣份，也從此畫下句點。

到了一個新環境，重新開始，雖然陌生，但見聞了大環境與小環境的差距，多了學習，更見識了人心的寬容與狹隘。當一個社區裡的大部分學子，寧可跨區到遠處、將戶籍寄居於親友處，亦不願在學區裡就讀，身為教育的一方，除加油「拉學生」，也該是省思的時候了。

離開是明智的抉擇，但她的孩子遭受了威脅與恐嚇，是他底下的人幹的好事。她去電於他，請他約束行為，他不是裝聾作啞、就是歪理搪塞，敷衍又護短，師生終於撕破臉。

七、問卷

問卷與規劃，結局落差大，虛晃一招惹民怨。

替代役男持問卷，走一趟社區家戶，說明消防通道的路線，即將畫線。個人需求不同，有人同意、有人反對。

按理，狹窄的巷子本該通暢，萬一火警，消防車出入方便。但對於大馬路，兩車交會沒問題，路旁停車有規矩，不影響交通，不該小題大做，招惹民眾不快。

找人問卷調查，問卷單上、清楚道明路況，何處劃紅線、何處保留原模樣。然而劃線結果，前後對照，與實際路線大有落差，造成不便，民眾抱怨連連，氣憤地道出心中的感受，此動作，如果是已規劃的政策，何必脫褲子放屁地來這趟民意調查？

未傾聽民意，強力劃設的結果，該畫的畫、不該畫的也畫了紅線，停車怕被開罰單、不停難覓藏身的地方。

何事該為、何事不該為？落實政策，先傾聽民意。

八、一支掃把

他一身邋遢地蹲在市場的一個角落，地上的五支高粱掃把擺在他的右側，綁得不是很紮實，稀稀疏疏、看了不舒服。

每個經過他跟前的路人，他都嚷嚷要人買一支，無人理會，他一臉惆悵。我感覺到他的失望，停下腳步，躊躇於要不要購買？

平情而論，他綁的掃把，真的很難看，以前無論在烈嶼老家或西洪墾荒，家裡都有種高粱，沒機器的年代，以手工收割。每到高粱採收時，我們雙手緊握高粱穗、用力甩出高粱粒，經日光曝曬後，一斤高粱兌換一斤米，剩餘的高粱稈拿來做掃把，自家用、也賣錢。

半圓形的一塊木板頭，中間畫一道凹洞，編織如髮辮一般的塑膠繩以死結綑綁期間，留約一百公分長度，尾端再以一塊小木板固定。大木板用腳踩、小木板用手抓，手腳並用地將高粱稈攤平、抓緊、綁牢，約七十至八十公分的掃把身，分段繫緊塑膠繩固定。

古厝裡的紅磚，掃起來輕便；就連清掃屋外的垃圾與糞便，也不費力。隨著經濟起飛，農業蕭瑟，市面已少見高粱掃把，竹掃帚取而代之。

我停下腳步思索，回憶從前生活的清苦，心想他除了傳承、應該也是日子不太好過，當下就買了。

走了幾步，就聽到有關他的故事，才剛賣了好大一片土地，賺了一筆，常到對岸……

九、風花雪月

不要太相信人的外表。

假道學的他「生嘴說人、生身讓人說」，身上讓人聞之作嘔的氣味，竟能吸引不同類型女人，這些傻女人，以為自己都是他的第一個，死心蹋地付出真性情。

飛機遨翔在天際，不同典型的女人，約會於不同的縣市，享一刻春宵，遊戲人間於皇帝命的三千後宮佳麗。

陶醉於他的花言巧語，她們癡傻地為他賣命，撻伐於他討厭的人群，口沫橫飛地與他站在同一陣線，槍口一致對外。

「拖磨一生」的元配，身體雖欠安，但最猛烈的頭痛就屬他瞞著她在外招搖撞騙於其他女子的情感。

道德標準的提升，他不屑於他人書寫風花雪月的篇章，但現實生活中，他是風花雪月的第一男主角，到目前為止，無人能與他相提並論於他轟轟烈烈的愛情史。

男人犯錯，尤其是名人，第一個出來面對媒體、捍衛婚姻的，都是他的糟糠妻，聲淚俱下的告訴大眾、老公的無辜，這一切都是狐狸精惹的禍。而男人也會擁抱著妻子，深情款款地對她說，這輩子無人能取代她在他心中的地位，他是一時鬼迷心竅，下次不會、也不敢了。

至於手牽手，回到家中立刻鬆手的閃電合體，迅速地出現裂縫，洗手乳搓了又搓、水龍頭沖了又沖，大聲叫囂、大打出手，反正掀破屋頂，只要不出人命，對外界來說，他們還是恩愛夫妻。

考驗演出實力，背劇本的功力不可少，「假面夫妻」活得辛苦。

什麼時候，他也將躍上螢幕，活生生上演與訴說這數段風花雪月的「燦爛時光」，小搔癢、還沒搔到痛處的八卦二週刊，想必有更勁爆的內容。

十、母親的吶喊

家庭環境差，力爭上游報國家，服務警界的他想回家。

不煙不酒、生性內向的他唸完高中，看到治安越來越差，人生有了規劃，除暴安良是他第一志向。

背起行囊，遠離家鄉，報考警專，他日回鄉，回饋地方。

警服身上穿，荷槍實彈與匪戰，石頭砸人頭，頭破血流，送入醫院，頭部縫了數針，不敢聲張。電話打回家，只能報平安，不能訴及身體的受傷。

他的父母發覺有異樣，追根究柢訴狀況，原來他上戰場，與匪搏鬥惹來一身傷。

赴台數年，回金有限，當父母逐漸年邁，渴盼愛兒回家鄉，左等右盼，等過一年又一年。

兩鬢髮霜、齒已鬆落的父母，不願他落籍在台，冀望他落葉歸根，在彼此有限的歲月裡，珍惜相處的時光，承歡膝下。

希望越大、失望也越大，等了許久的願望無能實現，當母親的淚眼汪汪，訴及這一段今生今世唯一的心願，紅了眼眶。她以顫抖的雙唇，告訴我思念愛兒的心情，無助、無力、無頭緒。願政府幫忙，給她的孩子一條回家的路。

人才回鄉，將所學貢獻地方。無論哪個行業，有心服務故鄉，同理心，情意相挺，展開雙臂相迎，更歡喜島嶼多了人力、伸張正義。

母親思念孩子，年輕人也想回家，當聽見一個母親日日夜夜的吶喊聲，怎忍心不幫她圓一個夢、一個母子團圓的美夢。

十一、人生最後一站

好友的母親走得突然，殯儀館是老人家最後一站。陪在好友身邊，要他節哀順變。

陰涼的地方，人煙少見；停屍間附近，屍味連連；環境不理想，少了整潔的空間；靈堂旁邊只有一盞昏黃的小路燈，視線不明顯、走路不穩當，夜晚更見淒涼，值班人員巡邏、也不安全。

白晝陽光灑一片，放眼而望，死氣沉沉的殯儀館若能佈置成公園般的溫馨，或者有家的感覺，這一段人生的最後里程，走得也不遺憾。

夜晚黑漆漆，路燈在哪裡？路況不清晰，出入的喪家難道要自備照明燈、或回歸以前的時代，隨身攜帶蠟燭、煤油燈、手電筒。

陰氣逼人的地方，陰陽要有分隔，殯儀館裡該有的設備，不能馬虎。在鼓勵喪家將靈柩停於該處的同時，多下一番功夫整治。

睜大雙眼看環境，我都望之卻步了，我有的感受，別人也有。

地方有喜慶，民代紛紛到場沾喜氣，那是好事；而當黑衣滿山坪，里長伯若能即時出入該家園，噓寒問暖一番，是服務、也是行善的表現。我就看到一位女性里長，誰家有人出入不平安，人生劃下句點要歸鄉，捲起袖子、騎乘機車、風雨無阻地忙進忙出，她的先知先覺，幫喪家理出頭緒、為他們張羅後事，也因此得到了好評，這些鐵票成了她的基本票源。然則好友的母親已入殮多日，就沒這等幸運，連照面的機會都沒有，讓人不免遺憾。

鄉親最不願意見到的是那些民代，選舉之前走家園如走廚房，連一個小感冒都發現；當選舉過後，真有事情要麻煩他們，保持聯繫是奢談，自求多福保安康。哪天路上見了面，孝服道明了現況，後知後覺地露出嚴肅的表情，來個關懷的擁抱，拍拍肩膀，老兄怎麼不早講。

響應政府的政策，少去了繁文縟節，當走入了不是家園的地方，將親人放在那一邊，有了壓迫感，人人都有親友團，口耳的相傳，以後還有多少鄉親對該處有信心。

島嶼常常投下鉅資辦一些有掌聲的活動，不是每一樣都膾炙人口。若能將不需要的省略，留存一些經費建設這些不是惹人注意的地方，但在未來又需求猛烈的處所，將是功德無量。

原載二〇一〇年十月九日《浯江副刊》

我看我思我寫

一、心結

藏身在心裡的話，已有數十年的光景，人生將到終點，他不堪被冤枉，無解的心結，或許將伴隨他「入土」，但沒有「為安」，只有遺憾。

年輕時候，他喜歡走柑仔店，買那加了酒精的強健體魄的飲料，保健又強身。一樓是柑仔店、二樓是紓壓房，他從未上過階梯，也不知裡面景象，只在一樓歇腳話家常。

然而有一天，當他再次光臨該間小店鋪，才剛打開飲料瓶，後面的警員蜂擁而至，直搗二樓紓壓房，這回，他跳進黃河也洗不清。

紓壓房從此歇業，二樓人家恨死了他，以為他為檢舉獎金而帶來了警力。他被冤枉，冤屈滿心房，但百口莫辯，沒人相信他的清白。

兩家人結下樑子，水火不容地數十年，對方怨他怨到老、恨他恨到死，平日雞毛蒜皮的小事，都會翻白眼。

澄清無望、衝突加深。七十幾歲的老人家，被誤解了好幾十年，同樣也被折騰了好幾十年，有苦無處訴、有話無處說。如今，他非常難過地訴及這一段不快的往事，鄰里之間的翻臉，原是誤會一場。

解鈴還需繫鈴人，前因後果只有當事人最清楚，哪天兩造都有時間，不妨平心靜氣地坐下來，我願充當和事佬。

二、擇偶

擇偶不必太囉唆，兩相對看有來電，職業不必分貴賤，只要能顧得了一個家庭，就算是美滿姻緣。

當媽媽的為兒子挑媳婦，說得簡單，要求不多，但條件苛刻；媒人難做，紛紛求去，無人敢為他覓良緣，我也是其中一個。

十全十美的女人到哪兒去尋覓？人要長得美、家世好、學問高、薪水多。這些條件是以前女人挑男人的要素，什麼時候，也成了男人選女人的要件，而且是婆婆選媳婦，開出的基本條件。

一個有為的青年，肩膀夠紮實的男人，應該不會為了少奮鬥幾年，要求與多金的女孩結良緣。況且自身也沒什麼好人品，人不挑他，就已偷笑，還挑人家。

他的媽也曾找過我和我的親友團，口沫橫飛地，要我們分頭找尋，幫他家找一個理想的對象。坦白說，普通人家，不是什麼豪門之後，那麼刻薄地擇偶，一定嚇跑很多女孩家。精挑細選的結果，還沒有結論。給他家一個忠告，島嶼難尋，不如去找電影明星。

三、靠自己

一般人的眼中，她是個不正常的人，她說的話，總讓人嗤之以鼻，沒人願意看她開口、更不想聽她多說。

母親如此，兒子也是，某些方面叫做遺傳。但從他們口中說出的每件事，不完全都是沒根據、沒道理，只是看上不看下的現實人們，不會將他們當一回事，頂多也只是茶餘飯後的笑柄話題。

家境不好過，父母雖不捨身上的一塊肉，迫於現實生活的無奈，體態嬌小的她，成了別人的童養媳。長大之後沒有被送作堆，倒是在黃道吉日，披嫁衣、丟紙扇，再住進另一個家園。

她喋喋不休於日子原本不是很好過，短命的丈夫又跑去躲，她在一間低矮的小屋養活了一家數口。枯瘦的身影，靠著一雙乾癟的手，持家得辛苦。而到了含飴弄孫的年歲，她沒有當祖母的喜悅。

一間養豬舍，是她經濟的重要來源，在軍隊的營區外，固定置放一個廚餘桶，方便居民載回家，她是其中受惠的一個。每天當她靠近這個地方，俯身彎腰用手掏，當掏出了茶葉蛋、雞翅、小豬排，她露出了欣慰的笑容，將它們整齊排放在一個隨身攜帶的塑膠袋，對她來說，這是佳餚美食。其它拉雜的廚餘，則耐心地一舀再舀，豬隻要肥大，什麼時候豬攤可以殺，餿水與餵食的手氣，一樣不可少。

她說：「人如果倒楣，種胡瓜也會生菜瓜」，她被人欺負，旁人視若無睹；她被狗追咬，主人若無其事。苦命的一生，跟隨她走過數十年的春夏秋冬。

以前的人看輩分，現代的人看身分，要受人尊敬，社會沒地位，任憑列祖列宗高過別人半個頭，一切只是空說。尤其兒子的與眾不同，母子被人看扁，是意料中的事。

人在人情在、人亡人情亡。曾接受她老伴幫助的人，在他走後，已忘記了他們這一家人的存在，她氣憤地指責他們沒良心。

重利輕義的社會，別對他人抱太大希望，倒是認清事實，幫助自己走進康莊大道，過一個正常人的生活，靠自己站起來，才能撥雲見日。至於其他的，浪費口水，多說無益。

四、恐怖水

我喜歡喝咖啡、聊是非，但對於咖啡色的自來水則敬而遠之。

猶如黑咖啡一般的自來水、一個月內多次追隨水管順勢而下。每當輕啟水龍頭，洗滌碗筷與抹布，越洗越黑，雞皮疙瘩數回。

這是我們喝的水嗎？有夠恐怖。汙泥排不清，家戶難為情，盥洗麻煩、越洗越糟；當飲用水喝進肚子，在腸子留下的後遺症，日後自己買單。要清腸、要剖肚，程度的輕重，看吸收的分量，誰分擔於肚子裡的狀況。

水質多變化，三不五十演習各家戶，不是颱風天、也非下雨天，哪來那麼多的污泥？是哪個環節出了問題？

排泥要確實，巡視不馬虎，每日的民生問題，最基本的水質，別讓百姓失去信心，而冒著鑿井的危險，寧可回頭汲取地下水飲用，也不花錢受罪。

五、吉屋出租

房屋出租看對象，無家無眷多考量。

嗜酒如命，命不保；身旁無人，很煩惱。

多地多房屋，自家住有餘，改以吉屋來出租，一月一次算、一年一次清，數年之後，成本回收。繼續出租有賺頭，但風險也多。

有眷屬，全家住一起，起居互相照料；無家眷，一人獨居，生活不便，出事更可憐。

無人發現的屍身已變味、親人不知在何處，聯絡有困難，措手不及的情景，重複上演，房東急得直跳腳，爾後擔心房屋無人敢居住，出租不簡單、賣掉更困難。

驚傳有人死於非命，發現已氣絕多時，招魂回鄉，冥紙輕飄半空中，嘴邊禱唸，走得安詳。

紛紛走避的路人，怕招惹災運，眼不見為淨地寧可繞路而行，也不對面相遇，就怕觸霉頭。一位驚聞噩耗的房東，人時地物的巧合，以為自家出狀況，老遠前來打探消息。告訴他，出事的地點在相隔一百公尺的地方，不是發生在他家，他鬆了一口氣。

房屋租人，最怕吉屋成喪宅，俗語說：「借人生、不借人死」，一旦禍事發生，毛骨悚然的不敢出入該屋宇，這是人心的使然。但如果真正遇到了，將往生者當親人般處理，就沒那麼可怕，終究，除現代建築，舊式的古厝，哪間沒死人。

喜歡貪杯的人，飲酒沒節制，黃湯下肚，不醉不歸，當喝酒過量，少了解酒那一關，醉死也甘願。這在許多租屋人家，時有所聞。

吉屋出租，要看對象；不明人士，少租為妙。雖然有些房東，運氣很好，房客有病痛，自己生腳走醫院，到了那邊、身子一躺，與陽間說拜拜，但這樣的例子，終究不多。

六、崇尚自然

夫妻喜歡崇尚自然，但限制級的畫面招惹民怨。

古厝照日光，溫暖在心房。半掩的木門縫，裸露的軀體被人看。

年輕提槍上戰場，為國為家他在行，回不了家鄉，將根留下，足跡在島鄉。抱定一人飽，全家飽，存足了家當，有天回故鄉。

小三通已開放，遙首企盼路不遠，家園是否安在、親人是否安康？急急走一趟，船隻在水路裡搖晃，湖光山色呈眼簾，家就在不遠。

老淚涕橫，訴說過往，有家歸不得、有鄉回不去，每晚的燭光伴隨孤獨身影，衣角已數不清淚液究竟流下多少。

人生莫蹉跎，親人已走，老伴總要有。他因緣聚會地相識了同鄉，兩人看對眼，將她迎回島鄉，相伴到老。這是他生活了半輩子的地方，已習慣了這樣的生活風。

他租了一間古厝，兩人並肩佈置家園，共同的喜好，來自凡事自然就好。

輕解衣衫，任陽光曬暖皺摺一段段、膚色不是很均勻的地方。他倆的崇尚自然，除植物的栽種，也有人體的解放。而無情的歲月，再也燃不起他們青春時的激情。

屬於私領域的地方，愜意已成習慣，無人干預、也不方便。當路過的人，尤其是女人，瞧見他倆的奔放，嬌羞地低著頭，看在他們眼裡，不好意思的是別人。

在臥室裡裸睡的確很舒服，尤其女人在穿了一天的緊身內衣褲，放鬆總能睡一夜好眠。但出了房門口，衣著蔽體，總是禮儀規範。

七、花招百出

一場閒聊，戳破了一個謊言。

老實的男孩容易上當受騙。他在閒暇時間、喜歡上網聊天，聊自己、也聊別人。有一天，他看到了可憐的影像，出了一場車禍的女孩訴苦於自己生活的無奈，離了婚、獨自撫養孩子，清苦過日子。

他們越聊越投機，將彼此當成知己。她則將他當凱子，準備一頭牛剝多層皮。只在網路聊天，從未照面，他竟對她滿懷憧憬。

世界真的很小，剛好被我遇到。他將心事說給我知曉，光聽「內容量」，就知哪個女的在招搖撞騙。

他說上聯、我對下聯，揪出了女孩的伎倆。出車禍是真，但受傷是假；離婚也是真，但撫養是假；生活清苦，沒那麼嚴重。倒是「要吃不振動」、賺錢不夠花，遠處欠卡債、近處現金還不來。

男孩聽了我的勸，迅速與她分兩邊，及時踩了煞車，沒有越陷越深。

指男人無情漢，女人也有可怕的一面。交朋友，不要一頭栽，尤其是以結婚為前提，要考慮、要三思。

聽說不能破壞人家的姻緣，那會下十八層地獄。可是我又把人家的「良緣」給搞砸了啦！

八、古今難辨

舊式的一元鎳幣與現今的十元鎳幣幾乎長得一樣大小，沒有仔細看端詳，還真不容易分辨，魚目混珠在市場。

約莫六十來歲的阿嫂從小錢包裡拿出一枚舊式的一元硬幣來到豬肉攤前，要換新式的十元硬幣。她說剛從豬肉攤找的零錢到別家購買東西，退了回來，才發現被掉了包。形狀大小幾乎一模一樣的錢幣，沒有注意看，真的會搞混。問題出在哪一方，誰也不敢斷言。只有兩種可能，一個是以假亂真、一個是果真不清楚狀況。

商家雖然兌換，但嘀咕於平白損失九塊錢、猜忌於顧客的太隨便。

從舊鈔到新鈔、從舊幣到新幣，從懂事開始，不知已經換過幾輪。錢越來越小、量越來越輕，總有一段模糊的階段，已習慣了的現象，重新接受，需要時間。尤其上了年紀的長者，無論視力與記憶，都退步不少，要他們接受新東西，似乎有些勉強，也容易混淆。

收藏舊幣的人家，總要在幾十年之後，由都市到鄉村，優渥收購，連同「古董」買賣，缸甕都買。

外行人眼中的一些破銅爛鐵，那些不值錢的東西，總是有人漫天喊價，很好奇他們買到哪裡去？

九、送愛到前線

廠商主動聯絡的心意、送愛心，將與我們配合，走入需要關懷的據點，這是多年來上報效應，獲得很有意義的迴響。

地方小，風吹草動人人都知曉。從未留下任何聯繫方式，就連手機，也鮮少有人知道的情況下，他人依然尋得到，尤以付諸實際行動的贊助方式，志願做善事，我們除了感謝，也為他們的善舉喝采。終究，在現代的社會，人人自掃門前雪的同時，還有人在經濟不景氣的時候，能發揮人飢己飢、人溺己溺的精神，肯定我們的舉動，加入我們的行列，值得某些自私的人學習。

一位已往生的管理組長夫人，一直讓外界有高高在上的印象，當她走入佛教界，投入了許多心血，沒人相信，她會成為一個拾荒的先生娘。在她家門前，資源回收一箱又一箱，這些不是自己用，撿拾之後，賣錢、捐獻。他人不用的紙箱、他人不要的寶特瓶、鐵鋁罐，都是需求的對象。她不怕髒、她不嫌煩，小錢的累積，盡了一己之力，左鄰右舍跟她做環保，一舉數得善心瞭。

憑良心講，她以前的貴婦樣，我不喜歡，更沒深談。隨著她慈祥的容顏，散發一股溫馨的愛，由近而遠，我逐漸對她印象改觀。

伸展廠商的愛心，我將重話說在前頭，誠心出發，不能有打廣告的心態，否則寧缺勿濫。

十、政府養貴婦

每當女人在我面前炫耀貴婦裝，櫥櫃衣裳有多少、鞋櫃跟鞋有幾雙，每種顏色不一樣，我都會一探究竟，看她的背景，是什麼來頭？當知道她們一貫的手法，發盡心思、用盡腦力，鑽研於政府錢，反正不賺白不賺。原來「可憐」的身分，必有「可恨」的手腕。

福利最前線，實際瞄一眼，貧富差距有根據，有錢人與沒錢人劃分了界線，多少政府錢發放的不公允，該幫忙的不一定幫得上，不該幫的倒是幫過了頭。當發放數據的一張張，是政府照顧百姓的德政、也是業績，但這些是否實際？

鑽福利，詐病一樁樁，人數不夠，找人充數，內孫、外孫，全員到齊，刮分了收入，喜孜孜地雙手接捧天上掉下來的禮物。花錢不手軟，還能炫耀一番。

鑽法律的漏洞，一張證明，收入不佳的家庭，果真是難過的家境？答案是否定。政府養錯人，對象照顧錯誤，浪費了公帑、虛擲了資源，讓那些收入優渥的人躺著吃就好，明顯的不公平。也顯現了有錢人更有錢，沒錢人繼續拾破爛的生活窘境。

照顧小老百姓，有福利、人人皆享；不然，就嚴格把關。

十一、海邊與港口

女人的戰爭，永遠戰不完。

有女人的地方，就有口水戰。本來相安無事的人，進入了女人的姑婆圈，逃生不方便、轉身有困難。

媽媽與女兒，一個住海邊、一個住港口，鬥嘴鼓、不囉唆，肢體動作的原由，全是自小寵壞的結果。

寵到頭上灑尿，是她萬想不到。從小捧在手掌心，長大猶如她母親，教她投機取巧、教她拐騙理由，賺是賺了不少，但人走在前面，後頭總有一連串指指點點。

母女長相一樣、思考也一樣，身上的環保袋永遠都是扁扁的出門，飽滿的回家。戰利品的滿載而歸，喜上眉梢，而四處找人兜售，市價之高，少人探頭。

有其母必有其女，女兒罵母親住海邊、母親回敬住港口。養女不教母之過，自小寵上心頭，長大自食惡果。

十二、不捨那一畝地

兒子走著出去，躺著回來，一個溫馨的家走了樣、變了調。媳婦改嫁，從此音訊全無。婆婆一肩挑起養家的責任，含辛茹苦撫育未成年的孫兒。祖先遺留的那一畝田地，是希望的所在、是心靈的寄託，也是全家人唯一生計的來源。由黑髮到白髮，為孫兒辛苦為孫兒忙，當看到幼苗成大樹，欣慰之情溢於言表，以為從此否極泰來，她的養孫防老，沒有浪擲力氣，就要接受回報。

事與願違的事情還是發生，在一片土地炒作的聲浪中，身上沒現金，動了歪腦筋，她的孫兒內神通外鬼，騙取了她深鎖櫃子內的權狀與私章，以分割土地為由，將家傳的那一畝地變賣，隨後帶著鉅款揚長而去。

她被蒙在鼓裡，依舊每天勤走那一片田園，當有一天被告知，土地非自己私有地，名字已轉移，如晴天霹靂的打擊，令她傷心不已。

艱苦環境的使然，不識字不是她的錯，但追不回的那一畝良田，她愧對祖先。夜裡，她輾轉難眠，沒有顏面地走入大廳、上香焚告祖先，負荊請罪自己一時失察，沒有蛛絲馬跡的預兆，無臉見先人、無面在陽間。

她輕嘆一聲，到哪裡去討回這股怨氣？有兄弟、有親戚，他們的日子好過，幾乎服務於公務界，但從未思及她。她想，如果自己識字且有頭有臉有聲望，下場就不至於如此的難堪。

十三、我能體會妳的苦

她從小皮夾裡掏了數張百元大鈔付現，為她孩子買了一大袋便宜的衣裳。

滿面愁容的她嫁雞隨雞，把根留在家鄉，負擔島嶼的人情俗事。他家不是沒有人，有兄弟、有妯娌，但她的腳短，跑得比人慢，留守家園，好事壞事一肩扛。

怨氣總是要有地方宣洩，找一個訴苦的對象，吐出滿腹的苦水，心情會比較好過。金門的女人，無解的拜拜問題，困擾許久，對於她先生的收入不多，陰陽兩間花費多，她必須節儉過日，以應付平日的開支。

我和她，曾住同一個村子，同時比鄰而居，能理解她心裡的痛。平日，她先打點婆家、再回娘家，但耳語不斷，令她難堪。誰說嫁出去的女兒不能回娘家，又不是回去當搬弄是非的「刺嘴小姑」。

分娘家、分婆家，沒有娘家的孕育，婆家豈能賺一個媳婦？她能兩邊兼顧，當個好女兒、也當個好媳婦，應鼓勵多於責備，而非在雞蛋裡面挑骨頭。

要在複雜的環境裡求生存，想在姑婆圈裡擁有一席之地，談何容易。先跑的先贏、後跑的輸定，她無法提起行囊，離開拜拜多的地方，既要出錢、又要出力，養一個家不容易。再加上平日許多無解的習題，她的心情一次比一次沉重。

娶人家的女兒，不是買媳婦，計較太多的劃分界線，到頭來只有惡臉相向。我能體會她的苦，要她在三姑六婆多的地方，學會裝聾作啞，並且保持距離。

或許說得容易、做得難，但過來人的經驗也是一種分享，不是教她壞、不是教她詐，而是教她明哲保身的方法。

原載二〇一〇年十一月七日《浯江副刊》

留言與流言

一、最痛父母心

務農家庭家境差，為後代勤耕持家。

兒子成績佳，鄰里讚揚拇指誇，說父母會教、講孩子會讀，將來光耀門楣，指日可待。

高中時代的資優生，住校嫌雜音干擾，無能靜思苦讀；為人父母、風雨無阻，每日早晚勤於接送，奔波在偏遠的鄉村小聚落和熱鬧的都市中。

大學聯考，他人口中的醫學系高材生與他無緣，就差那一小點，頂尖的人沒有唸到頂尖的科系。他不灰心、接二連三地挑燈夜戰，每回都有很好的成績、也考上不錯的學系。然而，自我要求過高，除到學校報到，亦繼續一年考過一年。

在水一方，與手足同住、相互照顧。父母則留在島嶼，擔負於一家老少的生計。

夫妻計畫赴台探望孩子，幫人炊事的母親臨時無法離開，就差那一點點時間，延後一天的隔日抵達，見到兒子、已是最後的一面。

夢想未實現，卻先尋了短。他的兒子將手腳反綁，懸吊鐵窗；親人發覺不對，但已天人永隔。

父母眼中的乖兒子、手足心中的好榜樣，認為他成績非常好，不需再重考。而一向自我要求與期許甚高的孩子，沒有理想的學校不能接受，壓力的使然，終於走上了不歸路。

天上與人間，有遺憾、亦有陰影。自殺身亡的孩子，他的祖父母健在、白髮人送黑髮人，抹不去心中的悲哀。他的父母則承受著鄰里間的指責與不諒解，將責任怪罪於他們。

每個父母都希望孩子成龍成鳳，努力工作、培養孩子。當期望落空，人命已不在，獨留身影在徘徊，身旁的人應釋出善意，陪他們走出傷痛，而非一味地在雞蛋裡挑骨頭。究竟，孩子的父母何罪之有？

如果為人父母，面對孩子，不管不教，則有怠忽之責；但從小呵護成長，小孩與父母的觀念不同、溝通不良，當憾事發生，本身除了心酸與悲痛，也只能無語問蒼天。

無人探討事情的真相，以訛傳訛地下猛藥，二度傷害了喪家。這個家庭，父母何罪？孩子何辜？升學的壓力與自我的期許，每人的挫折感與容忍度不同，已歸去的人命，身為親友與鄰里，別在傷口上灑鹽。

自殺不能解決事情，而隨著遺憾留在人間，社會應多一層省思、人們應多一些包容，陪喪家走出傷痛，將心頭的陰影刪除，讓不快的記憶一點一滴地流失。

二、屋漏連夜雨

同事之間，就屬他最樂觀，外表無異狀，卻是第一個送醫院。

機車穿梭在大街小巷，薪水不是很高，熱心服務在前方。他領有終身俸，家庭成員大都服務公家機構，吃穿不用愁，還有房屋數棟在後頭。他擁良屋美眷，雖非古代的員外，也算現代的阿舍。美滿的家庭，無後顧之憂，於軍中退伍後，再尋覓另一個工作，以熱忱為地方、服務為優先。

春風滿面、笑臉迎人於四面八方，我常調侃他臉皮夠厚、如銅牆鐵壁一般擊不破。生性的樂觀，走到哪兒都吃香。

當隔海一方，電話連線，榮總那頭的虛弱聲傳來，這是平日活蹦亂跳的他嗎？突然的不省人事，嚇壞了家人，立即赴台做進一步追蹤治療，從基本的抽血、驗尿、核磁共振，到骨髓抽驗，住院數日，全套檢查。任誰也沒想到，這麼樂觀的人，壓力無解，身體亮紅燈，面臨未知數的人生。

思考工作的去留，不再眷戀，勸他先養好身子再說。終究，他服務的對象很多。但基於健康考量，要他及親屬慎重考慮。

壓力使人難過，歷經了一連串的生死關，最被看好的他倒下了。而其他繼續存在心間壓力而無解的人，下一個又會是誰？

漫長歲月，服務長者，在病體微恙的今日，爾後伴隨於他的、是每日的藥物兩顆。

早日康復是眾人對他的祝福，也願他走出陰霾，在親情與友情的陪伴下，迎接光明瑰麗的人生。

三、觀念大不同

接連幾天陰雨綿綿，腳底寒意透心肝，連嘴唇也裂乾。每晚早早躲入被窩，讓溫毯暖身軀。隨著天氣放晴，一絲暖陽在心底，洗床單、曬被褥，停歇時刻來一杯熱咖啡，精神百倍。午間，嘴裡還留存咖啡香，與孩子共同觀賞電視節目，一通來電讓我感受讀者的關心。對方喊了我一聲「組長夫人」，然後俏皮地報上名來。在大學任教的她與我探討所謂「借人生、不借人死」的俗諺。她告訴我，「借人死、不借人生」的意涵，譬如那棟房子如果將孕育兩個男生，借人生，被生走一個，只剩一個。

從小我也是聽父執輩這樣說，一棟房子怕被「拔歲」，依傳統習俗，是「不借人生」的；倘若房屋借人死，往生者帶走了晦氣，不好的霉運隨著他的離開，屋主將多添了福壽。而現代人觀念改變，寧可借人生、也不借人死，試想一棟好好的房子，非親非故地、有人死在裡面，鬼影幢幢，除雞皮疙瘩，還怕「煞到」。爾後日子，就算走路跌跤，來個「平平路，摔死老豬母」，也會狐疑陰氣逼人、陰地多搞怪。

古今觀念的不一樣，現代人的思維不斷改變。有生就有死、有死就有生，那是自然的輪迴。感恩她在百忙之中抽空與我研究人生的哲學，同時告訴我、她的一位好朋友異於常人的愛心，展現不同於他人的氣度，除平日熱衷參與各項活動，亦將外籍老師接到家中居住，就近照顧。愛要從內心出發，能將外人當親人看待的終究不多，尤其是非親非故的外籍人士，要讓她們入住家園，真的不容易。

四、飲水不用錢

山外往金城的路上，在靠邊的位置，有一處售水站，方便取用。二十公升裝的水桶，只要一元，常有絡繹不絕的人潮。在原先的位置，買水的人多，因吵雜的聲浪，住戶反彈，而移至中心點，仍然二十四小時不打烊，給了過路人許多方便。

我們約莫一個禮拜買三桶水，有一次，遇到一位中年男子，他取完水後，告訴我們水管還有，他裝不完。跟他道謝後，注入三桶還有剩，我們同樣把它留給有緣人。

第二次、第三次，投入一塊錢，一裝就是三桶，水仍然還有剩。奇特的現象，不是農曆七月的鬼話連篇。掏了口袋的手機欲當報馬仔，告訴維護單位已經做了賠本的生意，偏偏手機沒有電。

一、兩個月過去了，情形依舊在，基於使用者付費為理所當然，向水廠反映了此現象，故障該維修了。

一次的問卷，旁聽才發現原來水廠也虧錢，某些投機取巧的住戶私接管線，在開關處動了手腳，一用數年不繳錢。被抓包，不難為情，倒是尾椎翹高高，讚不絕口於自己的智慧高。

阿兵哥每天到民間抄水表，在節能減碳的今日，當用則用、但能省則省，上頭的旨意，服從是紀律。

事出必有因，違章建築的水表、電表難申請，天才的水電工靈機一動，就在軍方的管路私接管線、共享資源。數年之後，有苦無處訴的阿兵哥，陳述他們的無奈，風雨無阻看每天用水多少度，詳細填寫，回部隊覆命。

「在營為良兵、在鄉為良民」，人人都有子弟兵，出門在外多擔心。雖然那些身穿草綠服的生命，是別人的孩子，但百姓圖自己方便，竊水不手軟，而增添軍方不便，的確罪過。而當年種因之人，今日必得其果。

五、搖晃軌條砦

皮膚黝黑的男子以機車載著一名同樣健康膚色的女子，這沒什麼稀奇，但好戲在後頭。

男人龜速騎車，一路搖搖晃晃，我們的車尾隨於後，不敢超前。由遠處看，他如醉酒一般地騎得不穩當。擦身而過，一個不慎，小車或許遭殃，大車總是麻煩，因此與他保持距離、也保安康。

接近他的身旁，赫然發現機車腳踏的地方，一條歷經風霜雨打、海水侵蝕的軌條砦，超出左右距離，他行得不安心，我們也駛得不安全。

我搖下車窗探頭，仔細看端詳，已生鏽的軌條砦，從海邊運上岸，既費心、也費力，他要這根做啥米？

前面十字路口正遇上紅燈，男人在稀少車輛的地方停下，很識相地讓後面的車子前進。我側頭看他，他壓低安全帽、遮住臉，右側轉頭，瞧不見他真實的容顏。

沒多久，又在路上遇見有人運載軌條砦，已腐蝕了的東西，還想要？問題的解答，只有當事人知道。

六、謝謝別連絡

陪孩子參加一項比賽，才剛抵達現場，就老遠的看到一群人，身上穿著一件亮眼的背心，不是引領路線，而是面對面做推銷。這種疲勞轟炸，犯了我的忌諱，告訴承辦單位，不喜歡這種感覺。

來自各路好手，一較高下拚結果，志在參加，但也希望得獎。當我們前行，馬上有人跟進，熱心地遞來光碟，讚揚我這媽媽氣質好，熱心孩子教育看得到。然後奉上資料簿本，要我留下基本資料與聯絡方式，預約時間到家裡拜訪，詳細介紹、一套數萬的教材，一次付清或分期付款都行，看我方便。還告訴我，某學校第一名的學生，就是讀這個優秀的呀！

承辦單位那裡打聽了一下下，與他們無關。但時間、空間的巧合，讓我覺得反感。廠商的搭順風車，讓許多師長與家長誤解，以為和主辦單位合為一體。

依過去的經驗，只要留下聯絡方式，電話照三餐問候、甚至居家守候。不買不好意思，買了又不一定受用。

我很明白的告訴對方，謝謝她說明許久，別耽擱彼此時間，她們有名片，倘若有需求、我會主動聯絡。

我什麼也沒留，數日之後，台灣那頭來了電話，改天來金門，將與我們聯繫。

這種強人所難的疲勞轟炸，在生活中，不斷的上演，明確的拒絕，要脫身還是很難。弄到最後，總要不客氣地請對方「麥擱吵啊！」

再不，就是告訴對方，「我沒錢，等我搶銀行。」

七、道路挖挖挖

好山好水好地方，開挖道路不手軟。

車輛行駛不安全，行人走路看方向，倒栽蔥、溝裡鑽，全是凹凸不平的路面。「臭幹譙」、國罵字眼常見到，睜一眼、閉一眼，出了人命再說項。

數年來，道路開挖、常惹民怨；繞路而行，多花時間。今日名堂挖挖補補、明日項目再挖再補。沒有統整的規劃，除浪費公帑，也造成民眾不便，迭有怨言。

任何人，走出家門，無論開車上路、還是步行上街，都希望道路通行無阻，無煙無塵無污染，讓呼吸順暢。而不斷的施工結果，黑煙飄散、廢氣隨空氣污染，吸入了人的身體，就算壽命長，想要健康也困難。

道路挖挖挖，還要挖多久？在島嶼繞一圈，不是這裡挖、就是那裡補。坑坑洞洞，越補越大洞，全民買單於這艱鉅的負擔，流血流汗。

任何的建設，事前的規劃遠勝於事後的追加。不該做的省略，該做的則乾淨俐落，別拖泥帶水。

八、保養有撇步

梳著髮髻的老阿嬤，黑色的網包裹那一坨白髮，別著一支金花。她頭戴斗笠、在古屋外的牆邊，坐在小板凳上曬太陽。

趨前寒暄，老阿嬤取下斗笠，她的頭髮雖已白，但光亮依然存在。蘆薈是她平日保養髮絲與臉頰的秘密武器，綠色的植物，如盆栽種在庭院的一個角落，護膚和護髮，天然的最好。長條狀的蘆薈，輕輕一折，汁液滴淌於手心中，有點黏。雙手輕搓，將它們塗抹於髮鬢與全臉，阿嬤不花半毛錢。

早睡早起身體好，已近百齡不需人煩惱。每個晚上睡覺前，一杯小酒、阿嬤潤鼻喉；清晨醒來，枸杞熬黑糖，順灑一點龍眼乾，當茶喝，滋補養身。往昔六格的健保卡，她一張都用不完。懂得保養的人，知道如何保護自己的器官，阿嬤就是這樣。

老人家好、年輕人就好，她沒有病痛的纏身，兒子不用擔心、媳婦不必侍奉，她一手掌握生活事，每人的生活方式不一樣，她說自己還能動，給彼此互不打擾的空間。

人生到終站、畫下句點前，阿嬤沒讓年輕人操煩。她的一生，就靠那一雙手，裁縫、補網、農事……，做什麼、像什麼。

九、人生轉個彎

軍中退役不孤單，轉行監獄管理員。

刺龍刺鳳、在身上雕樑畫棟，是許多受刑人軀體所烙下的印記。當他們一個不慎，身陷泥淖，走入了不該走的地方，這時，職務為管理員的他，英雄有用武之地。遇到這樣大條的人物，智慧未必比人高，溝通技巧很重要，他揶揄自己像卒兵，操腦也操心。

要如何與他們相處，是一門大學問。收容人住進了舍房，形形色色聚一堂。他以誠實做人、踏實做事為標竿，鼓勵他們勤奮向善、重新做人。

耳聞冤獄一樁樁，深入探討沒門檻，基於職業道德觀，要他透露不方便。而進入黑暗的區域，挖寶需要勇氣，每個收容人，背後都有一段不為人知的故事，無論服刑前的角色如何，到了失去自由的時候，服從紀律，改頭換面，勢在表現、為自己締造另一個春天。而靈感的找尋、題材的挖掘，有一種身分可以接近，等我準備好了，再向前行。

或許見識形形色色的大小人物，他比別人多了一層世故，稜稜角角的事物，亦能雕琢得圓潤。數年後，揮揮手，轉個角落，在不遠處的地方，迎向更多的人群，這是升官，也是他人生另一項挑戰。

十、徘徊生死線

交通亂亂亂，徘徊生死線；分分秒秒，時間很重要。

出門遵守交通規則，生命有保障；搶路搶時間、一馬當先，性命跟時鐘賽跑。

男人駕車快、女人飆車狠，筆直的道路好尬車，難為了同路的前後左右駕駛人，捏一把冷汗，如行走鬼門關。

出門走路怕人撞，開車又怕出狀況，馬路變得這般地「驚濤駭浪」？人口的進駐，繁榮了地方，也帶來了驚恐。當禍事一樁樁，路上的蛇行、超速、闖紅燈、並排騎車，彷若馬路是自家。

左顧右盼無異狀，規矩駕車人安康。路人靠邊站，眼睛要發亮，談天說地要眼觀四面、耳聽八方，免得出狀況。

車疾駛、不及閃、連環撞，有死也有傷、鮮紅血跡一片片，怵目驚心送醫院。幾個婦女只是路邊聊個天，沒想到躺病床，甚而走黃泉，肇事原因出在駕駛車速太快、趕時間。

家屬哭斷腸，往後的人生，肉體不比鐵器，受了傷害，復原困難。而與死神搏鬥與拔河的傷者，誰輸誰贏、誰也不敢篤定。

十一、詭異的氛圍

母親不知女兒去處，姐姐不解妹妹職業，守口如瓶、主因一個獎學金。

居家的訪視，一家人互不知情彼此的狀況，難得口徑一致家裡經濟陷困境。家庭成員不對外說明職業，閃躲其詞，當踢到了鐵板，這是撒謊的下場。

走入軍旅，不適任回家，這是她曾經告訴旁人的一段謊話，基於面子，要他人別講，留給她一線尊嚴。

領一項獎學金，對職業不細說分明，全家人推拖得一乾二淨。母親說她早出晚歸，母女甚少見面，不知她的情況；姐姐不知她職業為哪樁？從事何種行業不知情，但出面幫她申請獎學金。

眼尖的承辦人發現異狀，健保卡欄內為「軍」，應為現役軍人或軍中雇員，苦心追蹤這一家，終於水落石出於她真實的身分，為國庫省下一筆。

寬敞的住宅裡，有一股詭異的氣氛，屋裡的人，讓人摸不透心緒。

十二、貪婪的人性

人性的貪婪，常常遇見，尤其是往生前的詐領事件，家當的清冊，存款一筆筆不見，深入追蹤，外表看似嬌柔的女子，在這個階段可是扮演狠角色，能A多少、就A多少，哪天人死了，再也拿不到。

人人眼中的乖女孩，嬌弱惹人憐，跟隨夫君騙父親，幾乎榨乾了儲蓄，連老天都看不下去，還沒來得及消化，吐得乾淨，也讓老的眼睛閉得自然、走得安詳。

最近一位老人接連抱怨，居住數十年的屋宇，以後再也不屬於自己，以後年輕人打理，他們高興就好，她要去一個單純的地方。

她說，兒媳賺錢自己藏私房，吃住在家裡，欺騙孫兒全數交給公嬤當公款，孫兒伸手要錢，她如吞黃蓮。

老阿嬤想離家，入住屬於她的老人圈，但回首祖廳裡的列祖列宗無人祭拜，她起了矛盾心態。

做人欠周全、做事欠考量的年輕人，上欺父母、下騙兒女，忍無可忍的老人家搥胸頓足。任憑國有國法、家有家規，也拿他們沒辦法。

理解老人心中的不暢快，心中有譜未來，勸她別回頭，走得乾脆，過自己的生活。

十三、雜音聽不見

他聽佛經，不聽外面的聲音。

白淨的衣裳，穿在他的身上，屋宇一角、佛音浮現，阿彌陀佛聲聲唸。

屋外的人聲鼎沸、車聲連連，沒有緊密的人孔蓋在一陣陣的車駛過後，發出了巨響，無論白晝與夜晚，重複上演。

外來的聲音，沒有影響他工作的心情，他聽佛經、亦聽佛音，堅守自己的工作崗位，聽裡面、不聽外面的聲音。他說，做自己、守本分，扮演好當下的角色，那些紛雜的人生，不去沾惹。

從外觀看來，已有一把年紀的他，勢必累積了些財富，而面露慈祥、眼露慈光，嗅不到商業氣息，最是難能可貴。

開業彷如做生意，川流不息的客源猶如點鈔機，任憑客人再多，他堅持慢工出細活，按部就班的工作。

終究，他是抱著佛心來的。

原載二〇一〇年十二月十八日《浯江副刊》

心靈的櫥窗

一、不方便的腿

自小罹患小兒痲痺，陪伴他的是一張張舊式木椅。

每天倚門而盼，在靠近一扇木門的地方，他將身子貼緊，減輕軀體的負擔，生活起居就在這狹小的空間。

鄉下離城市太遠，小雜貨店方便鄰里也照顧自己，他在古厝的一角，以木格子做分界，擺上各樣東西，一目瞭然。他不怕別人偷、也不怕別人搶，上門購買，看需求、自己拿，生意建立在互信與互諒。

挪動著身子，同樣也挪移著木椅，他非常吃力地比著前面那一張古老的眠床，老舊的蚊帳圍一圈，那是他夜晚睡覺的地方，陳設簡陋過一生。

單身面對人生，他不願拖累旁人，自己有收入，生活簡單，不需勞煩。狹小的空間，他沒有狹隘的人生觀，當有一天、生命走進歷史，他毫無遺憾。

腿不方便，手卻靈巧，他靠那一雙手，佈置他自己覺得滿意的家園。他說，兩人過，倘若不快樂，還不如過自己愜意的生活。至少，沒有束縛的活得自在。

身殘心不殘，殘而不廢的他，找到人生的方向。而活一天、過一天，來往顧客相陪伴，生命不孤單。現有的積蓄，他存得好端端，將來一旦往生，煮鹹粥、壽棺不用麻煩他人來張羅。

二、回家的感覺

在台街友數十年，忍受風雨的交纏，因緣聚會返家鄉，改頭換面挽尊嚴。

一只環保袋，裡面有他生存半世紀的記憶，那丟在路邊、無人會撿的提袋，陪伴他數十年的春夏秋冬，堆疊著喜怒哀樂的過往。在異鄉的日子裡，他也曾經想奮起，奈何學歷沒學歷、經歷沒經歷，走到哪裡，只是個不起眼的小東西。

並非他墮落，不想人生有看頭，而是這邊碰壁，那邊沒人理。思前想後，他說，不是自己不爭氣，真的是社會的現實，讓他的環境不舒適。

要賺錢沒機會，任憑大男兒志氣再高，三餐也要求溫飽。他忍飢耐寒一段時日，當那飢腸轆轆、胃痛不舒服，不得不向命運屈服，低頭伸手地沒有尊嚴，日子捱過一天又一天。

蓬頭垢面地遊盪街頭，紛紛走避的路人，難得有人停下腳步賞他幾塊錢，送他一個麵包、一瓶礦泉水；大部分人的冷漠，不屑地摀鼻而過，他身心受創於自己扮演的邋遢角色，這種連鬼都怕的可憐街友。

哪邊有活動，他往哪邊鑽，添一碗熱湯，保肚子溫飽又安康。有一餐沒一頓地，就連餿水也能當飯吃，只要不餓肚子。

他們不是天生的「天公仔囝」，病菌不上門、歹病不纏身，而是無錢可求醫，平日繳不起健保費，身體微恙時，自生自滅。

回家的感覺真好，該有的照護，一樣也不少。他換了一身乾淨的衣裳，走在路上，一樣的街道，不一樣的思考。

他的親身經驗，從有到無、再從無到有，如戲的人生，知足常樂掛嘴邊，勸人多行善。熬著一碗熱騰騰的小米粥，在寒冷的天候，他有一股溫馨的感受。返鄉後的他，洗手作羹湯，每天都新鮮。

他遠離了低首乞憐，找回了人性尊嚴，也找到了人生的方向。

三、市場的見聞

有牌樓的地方，擁擠的精華路段，路人穿梭其中，形形色色的攤販面對面，兩眼相對看。

轉了個彎，我從牌樓下走過，手上提著一碗廣東粥，準備鑲牙後的中餐，順溜入胃，牙齒不需費力咀嚼。

不遠處，有人朝我招手，示意我過去。我順著她的方位，腳步停下，聽了她路見不平的一番話。

市場的一角，違規的使用，來往人車不方便，稍一不慎就遭殃。她每天都在看人生百態，多少不平的景象，深入腦海，那一桶海蚵的故事，擺攤的婦人在斜角處，叫賣著生鮮海蚵，當車輛擦身而過，不慎撞倒一地，駕駛在該婦人的要求下、以高過市價地全數買下。她憤憤地說，真是太過。而身旁的婦女也答腔，市場攤位的亂擺亂放，真是雜亂不堪，沒有統整的擺攤，多了許多亂象。

撥著一頭烏黑亮麗的秀髮，她又來了個人們心中的聲音、口中的八卦，建議政府多考量婦女的人身安全，規劃一些休閒的好去處，別讓她們在馬路上散步，避免聞車色變，閃車不及而命喪黃泉。

聞之悚然的碎裂家庭，一樁又一樁，在菜市場裡，大家耳聞到了嗎？

四、曲終人也散

斷垣殘壁的地方，留下了些許記憶與諸多的懷念。

先人打拼，圓理想家園，家鄉留存堅固的地方，遮風避雨，家人團聚。圓鍬、十字鎬、鋤頭、畚箕，一肩一肩挑。長板石，堆砌分明；白灰、赤土，糊牆壁；紅瓦斜屋頂，增思古幽情。

日光曬暖天井，天真無邪的孩童嬉戲於古厝裡。跟隨歲月變幻，羽翼豐滿的孩子往外飛，飛得遠、飛得高，飛出自我的天地。

當日落斜陽，田地依舊在，古厝變顏色。屋瓦紛飛、片片擊碎，敲擊著人們一探究竟的好奇神色。

宗族觀念強烈，無論走南洋，還是臨終前的遺言託付，堅守家園，別讓風吹雨淋，古屋變色。承諾於交代，圓他們一個美夢，屋整治，留存其風貌。這本是美事一樁，然而規劃不周詳，徒增美意傷情感，見面白瞪眼。

兩造溝通，如何在彼此期待的意願下，取一個平衡點，靠智慧的取捨。數百萬的經費，是多數人長年累月的汗染，花錢要看對地方。當曲終人散，將要面對著一波波的聲浪。

五、生意的態度

得獎是一種喜悅，但領獎的過程卻是種折騰。有人說花錢買氣受，說的也許是這般情況。另一半今年榮獲「年度協助就業服務成效績優服務組長」，獎品為二千元以內的家電用品。承辦人給了方便，讓我們自己挑選獎品。

接獲通知，正是某家廠商最後一天的會員招待會，我們趕在最後階段撿好康，走了賣場一趟。

精挑細選的結果，選中了家用熱水瓶，售價一九九九元。山外缺貨，售貨員立即電洽金城店，確定金城店還剩一具，不過需要赴金城取貨，但提醒要買要快，承辦人二話不說，立即付現，言明下班後、親自取貨。

當承辦人抵達金城賣場，發現該店已收取現金，卻庫存沒貨，兩間賣場互踢皮球，上午的約定，下午已忘得一乾二淨，要求等待補貨通知。

訂貨付現款，拿錢求心安，這種猶如害怕顧客「跑擔」的安全感，自有賣場以來，從未更改過。而消費者沒有得到平等的待遇與尊重，無論是櫃檯態度和售後服務，總惹人詬病，過去商家買賣一諾千金的守則，該店蕩然無存，消費者權益，全拋諸腦後。

承辦人一通電話到總公司，他們言明儘快調查原委，並允諾會要求售貨員改善，至於熱水瓶將儘速送達金門，送達後立即通知取貨。也不知道是生意太好，還是貴人多忘事，或者又是虛應故事，十幾天過去了，毫無消息。承辦人員滿心疑惑，當他再去電詢問貨物到否，店家卻好像無所謂般，只說貨物到，承辦人詢問為何沒通知取貨？賣場推託可能無聯絡方式。

承辦人明明買單當日就留下手機號碼與上班地點，店家竟推卸責任，以沒有聯絡方式做藉口，態度惹人爭議。再說，我們也是賣場老客戶，不是第一次上門，搞這種飛機，怎不叫人遺憾。「要拿錢燒滾滾，要取貨冷吱吱」，這種作風豈是做生意之道？而消費者的權益在哪裡？

在消費者權益日漸抬頭之際，權益豈能睡著？這一消費事件，實在值得你我深思。

六、安息吧人瑞

與人瑞結緣於近兩年，在一個討海的村莊。

第一次送金壽桃、第二次送蛋糕、第三次送他最後一程。

一生慘澹經營的人瑞，歷經日軍統治、古寧頭戰役、八二三砲戰的洗禮，親身體會島嶼的悲慘過往、戰爭的無情與人命的無價，因此更珍惜生命，並且知足常樂，也為善最樂。

健談的人瑞，生性樂觀又熱心公益，與結縭數十年的妻子，鶼鰈情深，教育八名子女以愛為前提。

身體硬朗，不需人操煩。老來伴，牽手過一生，夫妻從不擺臭臉，將尊重置在面前。

告別式場心酸酸，鼓樂在吶喊，人瑞從此不復見。「轉西方」，百餘人繞靈堂，哭嚷爹爹、爺爺、阿祖別離鄉。

紅花別在我的左胸膛，繫上一條紅色線，三鞠躬，凝神人瑞的遺像，湧上心頭的不捨，如波濤一陣陣。

不久前，才為人瑞拍手、獻上一個圓蛋糕，齊聲大合唱生日快樂歌，祝福聲不斷。而如今，悲悽的場面、奔喪的來來往往，一絲的悵惘。

送葬不回頭，回頭心難過，我回轉好幾次。澎湃的心，在這討海的村莊，記憶人瑞過往的身影，那健談的老阿伯，一件白T恤、一條西裝褲和那夾腳的拖鞋，坐在木製的沙發，說他的過去、談他的子女……。

外行人不知道、內行人看門道。男左女右的「頭白」標準，人瑞的妻子健在，左短右長有概念，來自他的宗親口中，意指活著的人，久久長長。

人瑞一生行善，子孫滿堂，百歲過往，紅布繫靈堂。

七、養兒防老篇

老婦人不是天生就愛碎碎唸，當她年老、身體出狀況，無人照料，早知今日會生天才兒女，當年不如養個流氓老大。

兒子娶媳，不與她同住；女兒嫁人，不知婆家住哪裡？她唉聲歎氣，沒人願與她聯繫。他們以她為恥辱，劃分界線，如陌生人一般。

子不嫌母醜，她不敢奢求。孩提的時刻、過往的歲月，他們喝過她的奶水，吸奶如吸血，能有今日的魁梧之身與傲人成就，來自她的劬勞教誨。然則，養了兒身、沒養兒心，她不知他們心底對她的批判是如此無情無義。

當她住進病房，兒女成群，但無人探頭關心於她的生與死，紛紛推諉事情多，掛念心頭很難過。

活著走出醫院，她看開了一切，當永遠不嫌錢多的兒女跟她開口，她裝聾作啞沒聽見，寧可將身上的幾分錢樂捐。

親身骨肉不要她，老婦人將遺憾掛嘴邊，她說，真正的黑道講義氣，懷胎十月的兒女在哪裡？

八、紅毯那一端

賓客雲集的地方，新人攜手步紅毯，男的帥、女的美，今生今世、山盟海誓。

金飾漲漲漲，黃金套組在身上，成了眾人吸睛的焦點。禮服換穿一件又一件，胸前鑲珠鑽、裙襬蕾絲邊，纖纖玉手惹人憐。

二十年前，我也曾經是新娘，宴客在鄉下，宰殺豬和羊，左鄰右舍聚一堂，剁蔥剁蒜、忙碌異常。如今餐廳方便，喜筵佈置，不需麻煩。而比起當年的一件旗袍穿到底，現代的新娘子好幸福。

我將那件訂婚穿、結婚也穿、歸寧時候又穿的桃紅色旗袍、小心翼翼地收藏在衣櫃的一角，從婚前的四十五公斤到現今的五十四公斤，那件美美的旗袍，看我這中年發福的身材，再也容不下。

步入紅毯的一端，祝福聲不斷，眾人舉杯慶歡顏，早生貴子在耳邊。新郎、新娘相對看，含情脈脈、羞紅著臉，大夥兒起鬨今夜鬧洞房，依循古禮整新郎，要他抱起新娘過「椅檺」。

地皮炒翻天，房價跟著漲，共築愛的小屋有點難。租屋暫時住，等待他日地價回穩，再衡量情況，另搬遷。

成家容易建業難，新人喜孜孜地步紅毯，結束單身，歡愉的背後，隱藏經濟壓力的沉重與負擔。

九、打開那扇窗

封閉自己為哪樁？她說因為心情不舒暢。

不喜歡走出家門見陽光，人群裡沒有她的足跡，防範於不測的事件再發生。

數十年的陰影，從小跟隨於她腦海與心靈深處的是父親外遇與兄長的性侵。年齡越大，憂鬱越深，不喜歡男人，更別談結婚。

看天的日子、望海的歲月，那童年的不幸，施暴的陰影，變本加厲地藏身於她的心際。每當父母外出，兄長來自對異性的好奇，在暗室裡對她蹂躪，她沒有能力反抗、也不敢聲張。

當她鼓起勇氣將始末告訴母親，以為母親是她的救星，希望越大、失望也越大，已經管不住丈夫的人，連自己的兒子也無能為力，她無法可管。

恐慌伴隨，已沒有安全感的家，在白晝、在夜晚，無時無刻地侵襲著她。白天，她要閃躲；晚間，房門深鎖。恐懼加深的日子，從沒停過。當喇叭鎖發出聲響，那是鑰匙插孔，房門即將被輕啟的前奏。儘管她聲嘶力竭地嘶喊，也沒人聽見她心靈的創傷。

家人說她夢遊，但她記憶猶新於夜晚發生的每件事情。底褲裡，留存的不是自己的體味，而是沒了尊嚴的人生。

深藏在心裡數十年、難以啟齒的痛苦，無人體會。而外人不解她為何拒人於千里之外，要她打開心裡的那扇窗，走入人群、迎向陽光。

幸福人生誰不渴望，但她不奢望，長期煎熬的她很想逃離那個家。因緣聚會，她認識了他，悶悶不樂的憂鬱情懷、引他一探究竟。她告訴他這段不為人知的過往，他憐香惜玉，不逼她接受他的愛情，但要她接受他的友情。

她何時打開那扇窗，就看兩人相處的情況。

十、山上走一遭

蜿蜒小路往前走，幾戶人家形成一個小聚落。

午後的暖陽照在我的身上，雙腳走在剛下過雨的泥土，泥沙沾黏著我的鞋底，當步行到水泥地面，發出了沙沙的聲響。

繞過一處古井，好奇地往裡頭看，井不乾，井水伴著陽光照著我的臉，浮動在水面。婦人走了出來，親切地要我們進屋坐。

我們在屋外等候，她拿出一個餅乾盒，裡面裝著全家人的印章，戴著老花眼鏡的她，瞇著一對小眼，尋覓著代表她身分的印章，這枚不是、那枚也不是。重要的東西，放在重要的地方，她突然想起來，要我隨她入內尋找。

社會新聞太多，我不願意去沾人家的重要物品，寧可在外邊等，多久都沒關係，您老就當我怕死好了。

曾經一位好朋友，基於信任，讓我的手沾他家的錢。我一推、再推、三推，就是不敢招惹。最後，很心虛、也很誠意的告訴他，我怕萬一有個閃失、賠不起。儘管他說，就算真發生事情，他會自己吸收，不會對我那麼殘忍，但我就是怕呀！

黑狗跟隨我的後面走，緊張地問主人：「你們家的狗會不會咬人呀？」

「牠喜歡跟人，不會咬人。」主人要狗閃一邊，他的口令、狗兒沒聽見。

我走在前頭，牠後面跟進，舔著我的鞋子，張開嘴巴，阿娘喂，要咬我嗎？原來牠在打哈欠。

山間的空氣很清新，僻靜的地方是養生的好所在，好一個冬日的暖陽啊，我內心感到無比的舒暢。

十一、記憶最深處

一則砲火下，女子的生存故事。

親娘將她送人童養，即將送作堆的男孩對她沒有好感。一晃光陰十來年，童養媳做不成，出嫁當新娘。

丈夫腦筋難轉彎、公公生病近百齡，她沒有新嫁娘的喜悅，倒有難堪的歲月。淒風苦雨的日子，割高粱、曬稻麥、洗軍服，撐起家庭生活的是這一雙乾癟枯瘦的雙手。隨著兒女漸長，開銷龐大，入不敷出的生活窘境，她不得不寬衣解帶，以女性天生的本錢養活一家。

除了丈夫之外，她跟了另一個男人。經濟逐漸起飛，他人口中的「客兄」圓了她一家老小的美夢，幫她蓋房子、買傢俱、娶媳婦，數十年如一日地讓她無後顧之憂。

生活陷困境，已是過去式。算算日子，兩人相處已有五十餘載人生的歲月。如今，白髮雖蒼，感情依舊在，她感恩於生命中的那個男人。

然而，即使已經是一個八十幾歲的老女人，不堪的過去，卻成了兒孫的笑柄，他們要她與那個男人斷得一乾二淨。但是，能嗎？只因為她不是一個忘恩負義的女人。

老年的福利，殘障津貼與農保的給付，照顧她的晚年。她說，一生痛苦折磨，不是她能抉擇；兒孫不能理解，她將遺憾終身。

已當「阿祖」，無人搭理於她的身體欠安。跟她共度五十年的男人蓋房給人住，自己則窩在低矮的小屋，只容得下一張小床鋪。簡陋的瓦房，狹小的空間，基本的衛浴是奢談。白晝，他上公廁；夜晚，大地是他的茅房。

一生吃苦如吃補的女人，含淚訴過往，鄰里皆看見，她想了斷，他人勸她別心傷。命運的捉弄，沒人瞧不起她，倒是心有千千結的子孫，難容於她的過往。

原載二〇一一年一月十日《浯江副刊》

兔年片段

一、垂釣樂無窮

湖泊水漸乾，細沙一整片，少年郎、持釣竿，褪去拖鞋，腳踩沙灘，兩眼專注著湖面。

寒冷的天候，凍死的魚兒，浮出了水面，已經不新鮮，他沒有彎腰撿。手中的釣竿甩呀甩，湖面激起了水花、盪起了漣漪。當魚兒上鉤，左手握竿、右手收線，鐵鉤下的魚身掙扎不出他的手掌。

湖中的魚兒多，各式種類都有。釣客的經驗談，熱天需要魚餌、冷天只要魚鉤。熱天慢條斯理等魚兒上鉤，冷天魚兒不吃餌，只能用扯或用鉤。

他從小在溪畔長大，垂釣成了生活中最大的興趣。以前釣魚為生計，賣錢好買米；如今垂釣成樂趣，休閒不孤寂。

他已數不清今生用壞多少釣具，但身邊擁有數支精美釣竿，每支都要數千。說著說著，又來一條大尾，土味十足的吳郭魚，奮力擺動著身軀，任憑如何掙扎，桌上的美食佳餚，就是少不了牠。

我倚在護欄，看他的悠閒，不急不徐地一條魚兒跟著一條魚兒上了他的鉤，裝入自備的米袋裡，群魚跳動。當其中一條躍出袋子外，蹦蹦跳跳地，差點投入湖中。

水正藍，風不大，但冷霜逼頸，我縮著頭，問他不冷嗎？他搖搖頭，指著臉頰的幾滴汗珠，這是他使勁出力後的業績。

湖光水色的陪襯，垂釣的景象最美，在人來人往、運動休閒的地方，身歷其中，賞柔和的意境。

二、冷天織毛衣

會織毛衣的女人越來越少了。

年過半百的女人伺候著行動不便的丈夫多年，沒有半聲怨嘆。她既要上山、亦要下海，農事勤耕種、海田辛苦忙。

丈夫中風，一倒而下，傳統的女人非但沒有背棄他，反而負起養家的責任。夫妻倆在那間不是很起眼的屋子，共處數十年，相敬如賓，沒有因男主人的病體，而稍減了兩人的情分。

命運如此，她認份。走出身心幾乎崩潰的邊緣，攤開心房，說出女人的脆弱。一雙長繭的手，從沒歇過，家庭要維繫、兒女要生計，喊苦、喊窮、喊累，只會遭來日子的更不順遂。她擦乾眼淚，陪伴丈夫度過每個歲月。

粗糙的雙手，捧書本的日子不多，靠勞力的收穫，穩定了一家的生活。當有一天，她學會了織毛衣，第一件親手編織的毛衣就穿在丈夫的身上，冷冷的天候，溫暖許多。這件愛心毛衣，是她戴著老花眼鏡，一針一線，編織而成，簡易的圖案，夾雜著複雜的心情。

今年的冬天特別冷，人人的身上都加了一件件厚重的衣物，她沒有上街添加新衣，倒是到商家購買毛線，準備再織一件，迎接兔年，大年除夕夜，親手為丈夫穿上，除了暖和他的身、也同時溫暖他的心。

三、把酒話昨天

死黨一大串，把酒言歡話家常，醉茫茫，昨日之事今已忘。

驅車同歡唱，酒酣耳熱出狀況，車撞車、不曉得，醒來方知已惹禍。

陰陽兩界、海派交友，談古論今，從不缺席。當他嗨到最高峰，認得路回家，身軀平安，腦海卻已沒有了先前的記憶。

他訴說自己的窘態，笑說這段可以寫，滔滔不絕於酒後整理的思緒。酒國論英雄，舉杯吐真言，換帖兄弟相挺，禍事有人處理。儘管電話聲聲催，他已爛醉如泥。

隔天醒來，走進辦公室，同仁異樣的眼光看他，他心知肚明，不做任何辯解，這都是喝酒惹的禍。對於當事人，他說，該怎辦，就怎辦，讓對方滿意為前提。

打虎也要親兄弟，兄長已為他擦好屁股，相關問題、處理完畢，他發誓，飲酒易惹禍，從此再也不喝酒。

這張「酒嘴」已發出聲明，什麼時候酒蟲再作怪，定力如何，大家都在等著看。

酒癮發作，當酒精作祟的時刻，勸他淺嘗即止，萬一煞不住，回家再喝，免重蹈覆轍，畢竟，形象重要、安全更重要。

四、驚魂一瞬間

旋轉瓦斯頭，爐上烹煮熱食，在這冷的天候。

腳冷手冷，來一碗熱飲，一杯下肚，熱氣奔騰，驅除寒意，不需暖爐。

麻油爆薑片，雞隻剁塊下鍋翻炒，加水煮滾，距離麻油雞上桌還有一段時間，到客廳看個電視，打發時間。

機上盒，多了好幾台，遙控器按來按去，不就是那一些節目。打了個哈欠，也打了個盹，就這樣沉沉的睡去。

醒來的時候，聞到廚房飄來的炭烤香，急忙關掉瓦斯桶、開啟門窗通風，當掀開鍋蓋，眼前毀了一鍋香噴噴的麻油雞、也毀掉一個鍋子。

廚房烏煙密佈，幸未釀成悲劇，以前烹煮食物，由始至終，視線不離開爐灶，天氣寒冷，偷懶了一下，差點出事，以後真的要小心，不能再有下次了。

鍋爐不慎、瓦斯外洩、電線走火，都容易釀成大禍，鄰居也曾因為電線走火，屋宇濃煙密佈，人員恰巧外出，他人緊急報案，而化解了一場可能發生的災禍。店屋式的住家，一家出狀況，整排人家剉咧等，平日自己提高警覺，也幫他人觀望，畢竟，水火無情啊！

五、今夜受風寒

冷氣團直撲而來，換了新日曆依舊沒有減緩，倒有增強的現象，一波波橫掃而過，縮著頸子、直打哆嗦。

此季節，低於十度的天候，相比之下，較往年濕冷。人人喊冷，日子要過，做好禦寒和保暖，撐過這個寒冬。

緊鎖門窗，拉上窗簾，就怕風兒溜進屋裡。壁上的暖氣溫渥著軀體，但腳底還是一陣冰冷，整個骨架子都僵硬了起來，做什麼都不順。

寒風夾雜冷雨，半夜電話響起，受風寒的她聲音沙啞地訴說寒氣逼人，百病不侵的她也受病毒的感染，一咳就漏尿，難為情地不敢走出家門，深恐異味襲人，人際關係變差。

數月以來的病根不斷，折騰著她，不想傳染給人，足不出戶。我在電話這頭安慰著她，她聽到了抽噎的聲音，在那頭要我別難過、別感動。

「我也感冒了，在擤鼻涕。」今夜真的很冷，下了床，「一感就冷」，但願這波寒流快點遠離。

六、墮落的天使

父母早上天，兩鬢白髮的祖母將她帶在身邊，彌補了缺少父愛與母愛的缺憾。

家境不是很好過，但親情跟隨左右，而隔代教養終敵不過外頭眼睛為之一亮的花花世界。

外貌亮麗的她，打工為分擔學雜費，一小時數十元的收入，將自己累得人仰馬翻，但學業始終保持中等，沒讓祖母擔心。

乖乖牌的她在結交異性朋友後，生性大變，離開了家門，與男友過著兩人世界。每天打扮入時、在特種行業打工，燈紅酒綠的環境中，清純的女孩心性大轉變，厚重的衣裳越穿越稀薄，用來凸顯自己的好身材，嚮往優渥環境的她，告訴自己一定要揮別艱苦的歲月。

她達到了自我要求的目標，一別清純歲月，臉上多了一層世故，比同年齡的女孩更懂玩心機。物慾的追求，她主動搭訕男人，在包廂裡尋覓下手的肥羊，樂此不疲。

墮落的她與親人越離越遠、與朋友形同陌路，彼此之間築了一座牆，已喚不回過往。

七、陳情的背後

他的父親領有就養金，身後兒子陳情，福利繼續延續他的母親。鄰居娶媳婦，今晚擺喜宴，禮到人不到，頂著寒風刺骨的夜晚，急奔於一處民宅，跟非榮民的母子請安問候。

他的母親不是榮民，他陳情於父親走後，家中沒有該筆收入，冀望幫忙，告知出主意的人是民意代表。

在昏黃路燈的照明下，爬上數層階梯，敲門許久，女主人出來應門。我們說明來意，經過她的首肯，進屋做說明。

客廳的一角，擺著一張椅子，上方有他父親的遺像，才剛過世，尚未入龕。我們和女主人溝通，忽聞樓梯間有人影晃動，我抬頭，看到了他，直覺告訴我，陳情的人就是他。

他的母親告訴我，她的兒子在錄音。我們就事論事，將他們一家不符合政府規定的條件一一說明，縱然想幫，也力不從心。

經過一番懇談，他終於步下樓梯，與我們近距離的面對面，希望沒就養，也能有一份工作。而他的母親也說，自己每月還有六千可領，在台的女兒也會寄錢回金，日子過得去，兒子的問題比較大，希望幫她兒子物色的職業是簡單、輕鬆，不用動腦、不必出力的職業，工作時，也要在旁邊指點。

幫人找工作已經有點難，再加上他們母子開出的條件，真的難上加難，但我們還是在夜黑風高的晚上，求助於能幫他的人。

陳情事件，層出不窮，常常在辦公室或休假長官急迫的電話遙控、催促下，一解迷津，當到現場，與當事人對談，才發現大事件，其實是小問題，甚或沒問題地白跑一趟。

八、陪他過一生

總是將自己打扮得體的他，一次邂逅，注定了這一生的緣分。

認識不久，兩人結婚，婚後定居台灣，育有多名子女，仍然如膠似漆、恩愛如昔。當他倆回到了故鄉，投入了心血，耕耘家園，卻禍從天降，他罹病需要休養。

經濟來源的男人倒下，女人過得辛苦，有人勸她另覓春天，別折騰自己、虛度青春。她告訴他們，她上輩子欠他，這輩子來還，日子再苦，也會陪他一起面對，無論前面的路有多荊棘，注定今生的命運如此，她不逃避。

小姐時代就擁有一技之長，當孩子陸續就學，她選擇回到職場，靠雙手支撐一個家園。慶幸她的另一半申請了某些補助，孩子也有獎學金，暫時沒有經濟困境。

與公婆同住的她，面對節儉的老人家，心情也有鬱卒的時候。她學習包容，至少在孩子放學後，家裡還有兩老幫忙瞻前顧後，讓她安心工作。

她不知道夫妻還能有多少共處的歲月，但當下要活得自在與活得有尊嚴，不在乎別人怎麼想，只過問丈夫的安康。

原載二〇一一年二月五日《浯江副刊》

百年點播

揮別了不是很順暢的虎年，待在城堡過兔年，仰望世界的容顏，擷取許許多多的片段。

一、群兔報喜篇

兔子跳躍著柔軟的身軀，喜迎建國一百年，人人懷抱許許多多的夢想和希望。

生肖屬兔的另一半，依據農民曆上的記載，今年適逢太歲之年。太歲當頭座，無喜恐有憂，宜在農曆正月擇吉日良辰供奉太歲。

擔心他的健康，問他要不要供奉？擇善固執的他一臉正經地說，不須如此大費周章，只要心存善念。

長輩如此說、一家之主的他也都這樣想了，我也樂得省事。但是……

新春期間，也沒什麼預兆，他就莫名地頭暈、反胃、四肢無力，躺了好幾天，原因是內耳不平衡。

現代人壓力大，身處的區域、職業的場所，往往造就諸多身心的不舒適，要減壓，不能改善環境，唯有自我調適。

我們溝通很久，為了陪孩子成長，夫妻倆，必須一個擁有健康的身子，而我早已失去健康，企盼他為自己、也為孩子保重。

暈眩，開車要小心，我總是押車陪他出門，坐在副駕駛坐，瞻前顧後。他是家庭支柱，我心疼、更擔憂。

兩個星期的療程，藥丸拌水吞，稍稍減緩之前的不適。但他至少還有三個月的苦戰，運動復健是條漫漫長路，勸他有壓力，何不換個環境，讓自己稍稍放鬆。

他以樂觀的心看待悲觀的事，反勸我別皇帝不急、急死太監。

又是固執惹的禍，他放不下那些服務十年的老朋友，他們與他已建立了深厚的情誼。他的耳朵聽不進我的勸戒，我將嘴巴的拉鍊拉起來，鬱卒在心胸，看來生病的不是只有他，還有我。

群兔報喜，來來往往的互道恭喜，我沒有喜悅的心境，倒是希望在群兔迎春的一百年，非報憂、而是報喜。

二、痴情姐妹花

網路情緣一線牽，兩女會面看不厭，相互間的精神慰藉，遠勝於肉體的纏綿。她倆相知相惜的歲月，從數年前見面的那一刻起，已撕去了好幾本日曆，也走過了無數的春夏秋冬。與她連線又照面，暢談她和她之間的情緣，在傳統的社會裡，兩個女人在一起，怎麼說都不可以。

傳統觀念裡的男婚女嫁，她已到了適婚年齡，但不喜歡異性，總覺得相擁於棉被下的那檔事是骯髒、齷齪的。她始終認為純潔的心靈、乾淨的身軀，才是完美的人生。

一次網路聊天，她將內心的掙扎、透過鍵盤的傳遞，得到了遠方的善意回應。從此，二人過從甚密於電腦前的聯繫，似戀愛情侶、亦如家人親密，兩人之間沒有任何的秘密。

相約見面，一見鍾情的兩個女人相見恨晚。對方溫柔體貼、善解人意，深入她的心扉。然而潔身自愛的她，縱然花前月下，也僅限於手牽手的精神寄託。

願為她捨棄榮華富貴的善良女子，從老遠的地方前來與她相會，兩人築起了愛巢，遮遮掩掩於旁人異樣的目光和家人的反彈聲浪。長輩不允許、社會難包容，生性如此，她曾懊惱，但不後悔。

她靜靜地訴說她倆的一切，痛苦時，有另一個她陪伴分擔；遇到困難，有人可以互相協助和鼓勵；快樂時，也有人與其分享。

尤其令她感動又難以忘懷的是，家中遭逢變故時，她悲慟淚崩，她的她，全心陪同，不分白晝與夜晚，一起走過悲傷黑暗期。

她的她，為了她，不惜別離父母、遠離故鄉，這份深情，她如何能割捨？又如何能負人？天下有緣人，冀求的不就是這份人間真情？

社會的價值觀、父母的殷殷期盼，又讓她左右為難。親戚要幫她介紹富家少爺、朋友要幫她物色適合的對象，為了這份真情，她不得不一一婉拒。

她的拒人於千里之外，久而久之，親友們紛紛打了退堂鼓，與她成了拒絕往來戶。看到她，不是搖頭嘆息，便是視她為空氣，有時還會扳起一張臉孔、當面嘟囔於她的不孝順。

背地裡，有人輕蔑地叫她「老姑婆」、亦有人說她「老處女」，難聽的字眼，一一進入了她的耳裡，她也曾哭泣於無從解釋的難題。

為了避開這些難堪，親戚的聚會，少了她的蹤影；朋友相約，她也藉故推辭。除了待在家中的小房間，她哪兒都不想去。

人們異樣的眼光，讓她更沉默，也更加獨來獨往。沒有人知道真正的原因，只覺得她越來越孤僻，不好相處難搭理。

追究其因，她怕的是社會上的流言蜚語、懼的是世俗不友善的面目，她已難容於現實環境中。於是，她逐漸地將自己鎖在屬於自己的世界，不想和外面有所接觸。現在的她，孤獨伴身邊，快樂已走遠。

她想當自己的主人，奈何世俗的眼光不容許，兩個女人愛得辛苦，只能躲躲藏藏地遊盪在社會陰暗的角落，坐看青春歲月的老去。

而膝下無子女，百年之後無人理，延續香火的問題，又是另一個課題。領養與否，就在未來的日子裡，慢慢琢磨於「兩人世界」或「三人同行」？

偶然的機會，我們相識，她將我當知己，傾訴這段不為人知的天大訊息。得知她坎坷的情路，我除了驚訝，也有幾分心疼與同情。我要如何幫助她？這種從未見過的難題。

只是，對於在傳統家庭成長，從小遵循禮教的我來說，真的起了一陣雞皮疙瘩。眼前的女子，外型美好、良善溫柔，這樣的女人，放著幸福的美滿姻緣不走，選擇走上這條兩女同行的不歸路？

我無語問蒼天、她也無言望天。沉默許久，她張大眼睛、含著淚水，淡淡地問我，能接受這樣的人當朋友嗎？

我很訝異，週遭出現了這樣一個人。這不是在電視劇中才看得到的情節嗎？我竟然在現實生活中遇上了！

我承認，內心湧起陣陣波濤，接著不自覺地反胃。但是，愛情無罪，感情是沒有界線，更不應有對象之分，只要是真心相對，每一份情緣都應被尊重與祝福。

調適了心情之後，我告訴她，同性戀不是罪過，雖然我不能接受。

看我的反應，她很後悔讓我知道她的性向。她說，不該讓我明瞭這一切，想必以後我的家，再也不會讓她進入，連電話都不會接聽。

我想勸她正常交往，勿讓父母心寒。然而，多年的情分，她們已合為一體，儼然夫妻，任誰的話語都聽不進去。

最近，她任職的公司有個升遷的機會，那是在很遙遠的地方，問了我的意見。該走的時候就要走，這是我給她的答案。與其在這小小的地方，凡事不盡人意，讓他人指指點點心不喜，不如帶著另一個她，遠走高飛，當自己的主人，過自己的生活。

尊重她的抉擇、祝福她的快樂，願她們的世界幸福、美滿。而外界也別給她們太多壓力與異樣的眼光。

三、人心知多少

時下的霸凌事件層出不窮，媒體報導的只是冰山一角，當深入探討，很多案例，均是主事者無肩膀所致，姑息養奸地報喜不報憂，致許多人身心受創，寒心地走得遠遠或消極地留在原地被糟蹋。

面對這樣的問題，膽敢公諸於世的人終究不多，擔怕被報復，只有默然承受，讓淚水驗證心靈的苦難。但忍氣吞聲的結果，該譴責的聲浪、演變成讚揚的語調。因此，壞人更壞，成了不折不扣、囂張跋扈的太妹與流氓。

節能減碳的今日，說一套、做一套，自我要求不可少，那不是喊口號。但坐領高薪的他，一早到辦公室，不是忙公事，而是在冷氣房，悠閒看電視，搭配早點、閱覽天下事。當填飽肚子後，荷鋤下田，打發許多時間，空空洞洞地、沒什麼建設，吹牛不打草稿地吹噓自己在各方面的功力，彷如世界只有他是頂尖人物。

他有強烈的事業心，但沒有高度的責任感。他將自己藏身在隱密的山谷，順理成章地與大自然為伍，規劃自己的人生、描繪未來的遠景，但忘了自己是有薪階級，要穩坐江山，公器似乎不該私用。而既然那麼愛種田，就別浪費公帑，乾脆退休返鄉，守住那片祖產。後面還有很多優秀的人才，高品質、高畫面，等著奉獻自己的實力，回饋家鄉。

愛情的滋潤，滋潤著躁鬱的她，曾是輔導工作者，心情如天氣、難以掌控的千變萬化，在辦公室裡、拿別人的痛苦當自己的歡樂。只有兩、三位同僚的小天地，被她攪得天翻地覆。任性、懶惰而散漫的她，眼淚是她的武器、缺席是她一貫的伎倆，她辜負了曾拉拔她的長官。

雖然投身廝殺慘烈的戰場，而在某些方面，她是認真的，但小圈圈裡的霸氣，當起了王后，資訊的靈光，比他人多一層見識，但也綁架了他人的思維。她以離去為要脅，狹隘的環境，沒有見識外面世界的男人為她擺席慰留，她留了下來，但從此坐大。

打破低迷、拉抬業績，媒體的曝光率，將其他人比下去，也製造了話題，人前打響知名度，背後齷齪行徑不是沒人知。

該去祠堂下跪反省的一干人，真正以愛為出發點，就別作秀做過頭。畢竟，活得有格調，綠化環境之前，不如先從內心美化起。

四、淚水驗證過

岩石相連，縫間綠樹參天，底下碉堡接二連三。圍牆上方繫鐵絲網，一圈又一圈。男兒當自強，抽中金馬獎、上前線，這是他們服務的地方。有天榮退，機票比什麼都貴。當再次舊地重遊，遊出了男兒淚，感傷歲月催人老、時光已不在。

當髮絲已斑白，年輕歲月不復在。一群志同道合的夥伴，記憶於留金歲月、那些野戰鞋曾經踏過的營區，重拾往日的回憶。

已經不只一次，他們自費來到最前線，尋尋覓覓於昔日同袍並肩留有的足跡。當腳踏廢棄的營區，任憑再多的清晰影像，也拉不回過往，心底湧起了一股悵然若失的感觸。

不放棄追尋，在一年四季裡，總有撥空的時機，呼朋引伴或獨自來去，走趟戰地，就怕今日不來，明日的營區又夷為平地。

客廳的沙發，已顯老舊，來訪的文友，不嫌棄於它的簡陋。簡易的茶包，熱開水沖了又沖，茶色越來越淡，聊起戰事，不減退的記憶越顯濃厚。

他們各擁部落格，將曾留下的足跡，一一ＰＯ文上網，是記憶、也是傳遞，分享於這個世紀。

戰地的洗禮，漱洗是奢望，荷槍實彈、待在山上，多日才有下山的機會。我們揶揄這一代的節儉，原是從那時候磨練起，知道省喫儉用的結局。

另一半的小學老師原是鄰居的親戚，當年由後方上前線，愛上了金門姑娘，在戰地置產。他的頭腦比電腦好，數十年前的往事，尤以數字的記憶，不模糊地記載準確。他的教學生涯，親睹單打雙不打，砲片擊落，如臨戰場。

遭逢父喪的他，理解很多軍事的密碼，踏過花崗岩的足跡，那些將是他年老的追憶。曾服務於軍旅，戰地走一圈，再次繞回原點，軍醫留根在民間，開業在前線，不捨花崗岩下的坑道，從此走入歷史。

頭髮已斑白、小腹也微凸的幾個男人，見證了歷史。

原載二〇一一年三月三日《浯江副刊》

春之絮語

一、腹婆的日子

女人一旦生了孩子，不穿束褲，繫緊腰腹，他日小腹微凸，勢必成了不折不扣的「小腹婆」。

寧當「小富婆」，也不當「小腹婆」，這是許多女人共同的夢想。

幾個腹婆相聚，臉上明顯有歲月的痕跡，遠看如懷胎數月的小腹、近看越顯幾分成熟女人味。

有人提議抽脂豐胸、感受前凸後翹的美感、亦有人認為自然就是美。

我不靠邊站，尊重他人、同時看重自己，當電視上的命理師拿出女人胸部的外擴與集中，作為女人事業線與心思的參考，許多人趨之若鶩，低頭看自己，說得神準、有機會再卜一卦。

這包裹在衣物裡頭的神秘禮物，只有最親近的人有眼福，至於它的型，看得順眼就好，別把它弄得歪七扭八。

寒意頗濃的冬季，被窩是我的知己，每當友人來電問我做什麼？我的回應都是在被窩裡。冷冷的天候，除了家庭主婦該做的事，其他空閒時間，一樓沙發是我的床、二樓主臥室進入就不想走出房門。久而久之，豐腴的臉蛋如珠寶店的老闆娘，福泰得可以，沒有相招喝下午茶，實屬可惜。

清理衣櫃的衣服，這件太緊、那件不能穿；踩上磅秤，數字會說話，我們這群心寬體胖的腹婆，是該運動的時候。

立正、縮小腹、雙手抬高、踮著腳尖走。任憑怎麼努力跟著做，身在廚房，不同型的食材，不用多做考慮，一一吞下，只要能吃就有補。當熱量吸收越多，小腹更難消受。

當小腹越來越凸、臉龐越來越圓，我是不折不扣的腹婆，雖然外表看不出我有多少財產。但我心知肚明，此生永遠也成不了「富婆」。

二、眼睛糊蛸肉

櫥窗內，人影晃動，這是女人愛逛的地方。

等人、等車，消耗時間，東瞄西瞄，我也在貨物堆裡打轉。

隨我後面，進來三個男人，分別二老一少。帶頭的是一位阿公級的老男人，他如識途老馬一般，直往店內鑽。

經過我的身旁，上下打量、直盯著我看。然後假惺惺地向店內的小姐詢問某條街要怎麼走。

當老闆娘由外頭回來，老男人道明來意，他帶同伴來拜訪很紅的她……。寒暄後，小姐泡來了一壺熱茶，將三人引入一間小房間。老男人不斷探頭往外看，目標就在我身上。

我步出店門，只聽老男人用閩南語問了老闆娘：「她是來買東西、不是來……」

「不是啦，她沒在做……」老闆娘回答。

耳聞了坊間傳言，身歷其境，確有其事。眾多女人進出的地方，也有許多男人在出入，哪天一個不小心，千萬別把這些阿公當老公。

我用餘光掃射眼前多名花枝招展的女人，這麼缺錢嗎？要怪那個老不修不長眼？還是稱讚他有眼光？主意打到我身上。我是來買、不是來賣，搞不清楚狀況。

我真是卒仔，當下不該拔腿就跑，應該鼓起勇氣，詢問行情，再檢舉領獎金，頂多走在路上被追砍？

那些「賣肉」的女子，除了穿得體面、吃得美味、住得豪華，看不出有什麼收穫，只不過多了一個潰爛的傷口。女人只要甘之如飴於「平凡」二字，儉樸的生活也是一種美。

書寫這一塊，我也曾被威脅過，有女人直接嗆我：「我們有本事賣臉賣身體，妳沒本事就閉嘴，再寫就不放過妳……」

現在不放過我的，好像不只那一群遠方的朋友？

三、母親的心聲

孩子出生不久，一次誤診，差點奪去了一條無辜的性命。她的孩子在鬼門關前繞了一圈，再見陽光，但她因生理失衡與心理壓力過大，出現了許多從未見過的症狀，交互影響而產生了困擾。

兩光的醫生，在她滿分的人生，種下了瑕疵，遺憾與怨恨侵襲她的生理與心理。半百的女人，沒有忘記那一幕驚恐的遭遇，自己沒人緣、孩子沒人疼，一線之間，母子分兩邊的恐怖畫面。

已遭誤診的不測，孩子的阿嬤在當下聽信了三姑六婆的讒言，孩子病得危險，取了他的衣物找神佛，疑似招魂，越招越斷魂，在陰陽兩間拔河的孩子受苦難。

見到樂善好施的字眼，婆婆媽媽最好騙。問事免費、收驚免錢，依照個人意願添香油錢，這叫「添緣」。

有拜有保佑、有添關懷多；衣物空中灑、孩子快回家。此情此景，已弄錯方位，終究，孩子尚有一口氣。她悲泣跪求，要孩子的阿嬤按她指定的方向、去找那位口碑不錯的大師。

然而，多少婆媳的話題，理念的不合，不睦不是沒原因。眼見孩子翻白眼、口吐白沫快不行，她忍痛做了最後的搏鬥，就賭這一次。

前一個誤診、後一個救人，她的孩子回來了！

爾後的日子，無論是時間與金錢，她要比別人更用心。她向上蒼祈求孩子健康快樂、平安順遂。然而，天不從人願，怎麼養，她的孩子總像營養不良似的，就是矮人一個頭。

縱然現今社會，高矮不是問題，智慧與身分才是重要的抉擇，但在許多時候，孩子的自尊總是有意無意地受到打擊。當孩子紅著眼眶問她：「媽媽，為什麼我比別人矮，為什麼阿姨都要拿我跟她兒子比……」

當母親的、心在滴血。她已不只一次，告訴週遭的人，能把孩子的命撿回來，就是上天最大的恩典，不必給他什麼大禮物，只要給予他人生的祝福，祝福他健康快樂和平安。

四、傷口上灑鹽

他那一帆風順的人生，來自於從小在父母呵護下成長。天資聰穎，執照、證照一把罩，他有著別人所沒有的幸運。然而，職場的不如意，人際關係的不順心，是他此生最大的災難。

他的自尊心強烈，很在乎週遭的一切，哪怕是一草一木的動靜；細膩的心思，完美的心境，總是跟自己過不去。整體而言，這個男人沒什麼缺點，就是優點太多，多得太過，而容不下些微的小瑕疵。

正義感的使然，看不下去的事，他衝鋒陷陣，但常跌得鼻青臉腫。面對家族的責難言語、他人的苛刻詞彙，心細如髮的他、惡劣的心情如天氣般持續，對人生沒有太大的希冀。

要他活得自在、要他過得快樂，似乎不容易。

看他身處地獄般的痛苦，傾聽於他的不快，我竟無能為力、不能助他一臂之力，讓他走出陰霾。

並非我袖手旁觀或隔岸觀火，是真的能力有限。朋友之間，忠言逆耳，我不想、亦不願阿諛奉承，心裡有話就直說，但也說到了他的痛處。

每個人的心境不同，處事態度也不一樣，當他從高處摔下，猶如天堂掉到地獄，由吹捧到冷落，全寫在親友的臉上。

人人在他的傷口上灑鹽，一把接一把。他們如看一齣戲，看他如何編戲曲。而戲起與戲落，竟不是掌握在他自己的手中。

不善言詞的他，大好前途，遇到了黯淡人生，在暴風雨的前夕，仍然得不到平靜的日子。沮喪，在所難免；荊棘，隨處可見。

他身處溫暖的人間，卻藏身無情的舞台，本身不是一個壞心眼的人，只是直腸子、不解官場文化。倘若週遭的人，能伸出一雙友誼的手，擁抱著純真善良的他，那所有不是問題的問題，都能迎刃而解。

五、突然倒下去

昨日好端端，三五好友話家常；今日老婆站眼前，嚷嚷阿母要吃飯，全然忘記她是他的美嬌娘。平日身體硬朗的他，夫妻感情融洽，突然之間記憶流失，已忘記了先前的濃情蜜意。夫妻共度半世紀，靠海居住、與海為生。忙生計，沒有時間鬥嘴皮，如膠也似漆。父母之命、媒妁之言，在那個世紀，注定姻緣沒主權，長輩說了算。從「送訂」之後，就是賭運也賭命的開始，男與女、都沒有選擇的餘地，哪怕對方跛腳或破相。兩人都幸運，沒賭先贏。看對方，沒缺陷，心存一點好印象。這是好的開始，當然婚姻也成功了一半。

不許避孕，那年代、結婚的動機與目的，嫁人就是要替夫家做香火的延續。他是個體壯的男人、她則是個幸運的女子，入門喜，歡天喜地在家裡。有子有女，成了一個「好」字，他賣力、她努力。當後廳一角、儲存五穀雜糧的大缸越來越多，兩人儘管再累，也要缸子越來越滿。

傳統的任務，不外乎成家與立業。同一年代的人，吃苦如吃補，除了少數人家有「落蕃錢」的支援，艱苦的歲月幾乎都一樣。

已走過半世紀的滄桑，注定天生勞碌命的他倆，當兒女長成，遠走他鄉，他們沒有逍遙自在過人生，仍舊以疲累的身影，看潮汐，挑擔下海，是沉溺、也是無奈。

突然不認人，不是他翻臉，而是生病了、病得不輕。這根支柱如蟻穿心地一倒而下，已無復原的希望。

他的病體難康復，遭逢驟變，措手不及，她憂慮於他的病況與未來的景象。

夫妻情緣數十年，同甘苦、共患難，貧窮的家園仍擁幸福與歡樂。而瞬間的病魔襲身，她以淒迷的神色訴說著、將這一切交給上蒼。

六、生活壓力源

三更半夜樓梯響，不怕鬼魂來搗亂，就怕遭宵小。

她快步下樓察看，不是自家出狀況，一牆之隔的新鄰居爬樓梯如行軍演習。

屋主有房有厝，樓房隔間做出租，現代人應有的設備一應俱全，強勢的思潮，計較於紙幣的大小，做起了認錢不認人的生意。

數間雅房，沒有隔音，出租的對象不是特種行業、即是水平不足的房客，他們之間的共同點，擾人清夢、自己方便。至於沒有道德觀的房東，只要有錢賺，管他鄰居不舒暢。

一輪又一輪的房客，來來去去；兩岸三地、大門開，互動頻繁，寧靜的日子已不在，小老百姓身受其害。

夜深人靜，沖個熱水澡，即是就寢的時刻。當喧嘩、叫囂、叫床，種種噪音入耳，輾轉難眠的痛楚，來自一牆之隔。

製造噪音，妨害安寧，影響他人的生活寧靜，屬於生活和公共道德的一環。被噪音侵襲的人，沒有自己的空間，提告，傷了鄰里和氣；忍氣吞聲，則憂愁在心裡。

島嶼福利多，紛紛遷戶口，分大餅，身受其害的是飽受污染的原住民。當外地人口入住，和諧的有之、分歧的也有。

生活作息的不同，懂尊重、禮儀與秩序的人有限，只要我喜歡，有什麼不可以。尤以色情入侵，老女人也下海，沸沸揚揚、傳聲四起，卻無人仗義執言，揭露人性醜陋的一面。當有色的詭異氣氛籠罩，上報、上電視，臉皮夠厚，一樣走街頭。

賺錢有數、性命要顧。絞盡腦汁、為錢辛苦為錢忙的人已多次進出醫院，保住了身外之物，換取了堆疊如山的鈔票與紅燈指數頗高的身體，到最後也是眾人唾棄。

住厝好厝邊，慎選善良與厚道的鄰居，是買厝時考量的要素。在還沒弄清楚狀況之前，寧租而不買，以免住得不舒適，買屋容易賣屋難。

七、有話不能說

出了娘胎無啼音，急壞了雙親。

父親長得帥、母親生得美，遺傳了女兒該像誰？

從懷孕開始，務農人家，沒有什麼特別的待遇，三餐正常、作息如昔。當十月懷胎，這是迎接新生的開始。

降臨於這個家庭的，是福？是禍？都只是閒雜人茶餘飯後的話題，這女孩注定此生遭磨難，誰也幫不了；倘若遇貴人，則是她的造化。

女孩五官清秀、長得像母親，唯一缺陷是有口不能說，比手畫腳讓她很難過。常常，語言的交換，要弄上老半天，對方不知她要表達的事情，事倍功半，令她難為情。

童年的純真時光，她一臉苦相，沒有親嚐，只因她是同伴取笑的對象。她沒有離開母親的視線，跟著母親做女工，「聾啞的精靈」，任何事物，只要瞄一眼，不流失的記憶，存檔在腦海裡。

天生有缺憾，任她長得再美、手腳再怎麼靈敏，也無法如願覓得如意郎君。就在適婚年齡，遵循雙親的意思，毫無選擇、更別說談戀愛，含淚嫁給了年齡足以當她父親的男人。

老男人不是喪偶，而是生來忠厚，他不懂得追求女人，只有寄望媒妁。

「老尪疼嫩某」，他將她捧在手心裡，學手語，溝通沒問題。她則是發揮從母親那裡學到的東西，將縷縷情絲，融合在千針萬線裡，維持一家的生計。

在一切求新求快的現代社會，除了她的家人，旁人難解於比手畫腳老半天、不知所云難為情的窘境而議論紛紛、指指點點。

他倆儉約過日、樸素一生；他人比身分、比富有，兩人當然不是他們的對手，但此種情形，走到哪邊都一樣。

誰貧誰富，不是別人說了算，兩人只要過得好，又何必在乎他人異樣的眼光。

八、諧和的曲調

沒有光鮮亮麗的校舍、亦沒有花團錦簇的校園，這是兩個兒子目前就讀的學校。

數十年前，塵土四起、飛沙走石，沒有人敢奢望這樣的地勢，能有多少耕耘的田地。當年住戶不多、他們彷如居住山中，默默無聞於外頭的世界。

數十年後，黃海與新市成為一個商業鼎盛的新市區，除商家林立、學區也成立。文化內涵相當豐厚的地方，美妙的音樂跟文學，齊頭並進。每每路過，傾聽圍牆內彈奏一首首諧和的曲調，演奏的技巧，來自專業領域的薰陶。

捨近求遠的於去年九月，為孩子遷戶籍，在離家有點遠的學區就讀，這所鎮裡人數最多的學校，每班二、三十名學生，來自不同的地方。師長嚴謹，但因材施教；學童競逐，且良性競爭。

分別就讀五年級和二年級的兒子，很快適應了新環境。同學帶他們認識校園、師長則殷殷關懷。沒有地域之別、亦無城鄉差距、更無成績之爭被排擠，我們當初的抉擇是正確的。

訊息的傳遞，小兒子依舊人緣佳、大兒子依然愛畫畫，由小地方到大地方，沒有被大環境所淘汰，反而如寵兒一般、在這裡學得更多。

時光不復在、童年不再來，慎選優質的教育環境，是每個為人父母首當其衝的課題。

處於市區，學生人數多，上下學之際，交通擁擠，沒有家長接送區，學校大開方便之門，在圖書館附近的側門，導護老師與替代役男輕啟小鐵門，陪伴孩子們，無論是家長接送、還是自行回家，都在安全維護的視線之內。

接孩子放學，我也曾經去晚了。在寒風刺骨的日子裡，遮陽棚尚未搭起，風颯颯、土飛揚，遠處就瞧見老師與替代役陪著兒子一起等媽媽。待我走近，將兒子交到我的手上，道聲再見，縮著頸子回校園。

我在校園走一圈，稍嫌老舊的校舍要修繕。東望望、西看看，這兒阿姨早、那邊阿姨好，純真的笑臉，看到幸福的校園。

往下紮根的教育，沒有壓迫的道理，方位的抉擇正確，孩子拾回了快樂的時光。

原載二〇一一年三月三十一日《浯江副刊》

《心靈的櫥窗》後記

我的作品猶如我的人，沒有華麗的包裝。

坐在電腦前面敲鍵盤，思索著在文壇還有多少時間？

當冬去春來時，我終於把《心靈的櫥窗》這本散文集，呈現在讀者面前。即使它沒有炫麗的詞句、也沒有動人的故事，更沒有一些詰屈聱牙的文辭來唬人，有的盡是我心靈深處誠摯的感受和心聲，然而，這都是心血的結晶。

回顧虎年，我彷彿遇到一隻凶殘的猛獸，襲擊著平靜的心湖，激起巨大的波濤。

首先是發生車禍，雖然靈魂沒有遠走，尚留一條老命在人間，但被撞擊的頭部迄今仍然感到不適，除了記憶力減退，神智似乎也沒有之前那麼地清醒，創作靈感更是離我愈來愈遠，我擔憂自己的文學生命是否會因此而劃下句點。讓我更難過的是，明明車子被人撞，並有警方的肇事記錄可資證明，而且我在第一時間已選擇原諒，肇事者之胞姊竟四處放話，誣指另一半車子開太快、沒煞車、撞人反咬被人撞，如此是非顛倒之言論，確實令我痛心。

其次是某人在網路留言，批判我的作品，同時牽扯無辜，使我身心俱疲，也讓我創作的信心大減。我敢寫就敢接受批判，只是對於這種非善意的批評，卻也讓我感到不屑。從批評者的筆調，以及他對文壇的瞭解，即使他沒有署名，明眼人都知道他是何方神聖。受限於自己的學經歷，我的作品原本就平庸，書寫的亦只是生活週遭的點點滴滴。但是，文學的表現手法和書寫方式各自不同，一個沒文憑的習作者，也只能以通俗的語言來表達，實難於寫出具有深度和廣度的不朽之作，務請文壇先進多指正。況且，金門這座島嶼很小，能朝夕相處的朋友並不多，但願彼此敞開心胸相互鼓勵，而不是為爭一席之地，讓清流的文壇變色。

繼而地是我在《浯江副刊》發表的〈送餐〉一文，也引起教育界的關注，並有許多人在網路上留言討論。我的原意只是希望學生吃剩的營養午餐，能送給需要幫助的弱勢家庭，而不應該由某些人帶回家享用，尤其他們是高所得的一群。想不到我的原意卻遭到撻伐，既得利益者，認為所有的事端是因我的〈送餐〉而引起，怪我在報上披露失敗的教育，甚至還向婆婆告狀，的確讓我感到悲哀與難過。雖然已事過境遷，但我始終堅持，揭發社會黑暗面是一個作家的責任，我沒有錯。內憂外患激起了我諸多靈感、亦孕育了許多篇章，卻讓我無形受傷。

感謝提供我發表園地的《金門日報‧浯江副刊》與《金門文藝》。

感謝文壇前輩及讀者們的鼓勵和指正。感謝這片讓我成長及讓我茁壯的土地，我勢將追隨您的步履，再向文壇高峰處邁進，並在您溫馨的懷抱裡，繼續做我文學的美夢，但願《心靈的櫥窗》不是我最後的一本書……。

語言文學類　PG0615

心靈的櫥窗

作　　者／寒　玉
責任編輯／黃姣潔
圖文排版／陳宛鈴
封面設計／陳佩蓉

發 行 人／宋政坤
法律顧問／毛國樑　律師
印製出版／秀威資訊科技股份有限公司
114台北市內湖區瑞光路76巷65號1樓
電話：+886-2-2796-3638　傳真：+886-2-2796-1377
http://www.showwe.com.tw
劃撥帳號／19563868　戶名：秀威資訊科技股份有限公司
讀者服務信箱：service@showwe.com.tw
展售門市／國家書店（松江門市）
104台北市中山區松江路209號1樓
電話：+886-2-2518-0207　傳真：+886-2-2518-0778
網路訂購／秀威網路書店：http://www.bodbooks.com.tw
國家網路書店：http://www.govbooks.com.tw
圖書經銷／紅螞蟻圖書有限公司
114台北市內湖區舊宗路二段121巷28、32號4樓
電話：+886-2-2795-3656　傳真：+886-2-2795-4100

2011年8月BOD一版
定價：300元

國家圖書館出版品預行編目

心靈的櫥窗 / 寒玉著. -- 一版. -- 臺北市：秀威資訊科技, 2011.08

面； 公分. -- (語言文學類 ; PG0615)

BOD版

ISBN 978-986-221-813-6(平裝)

855 100014833

讀者回函卡

感謝您購買本書，為提升服務品質，請填妥以下資料，將讀者回函卡直接寄回或傳真本公司，收到您的寶貴意見後，我們會收藏記錄及檢討，謝謝！如您需要了解本公司最新出版書目、購書優惠或企劃活動，歡迎您上網查詢或下載相關資料：http:// www.showwe.com.tw

您購買的書名：________________________________

出生日期：________年________月________日

學歷：☐高中（含）以下　☐大專　☐研究所（含）以上

職業：☐製造業　☐金融業　☐資訊業　☐軍警　☐傳播業　☐自由業
　　　☐服務業　☐公務員　☐教職　☐學生　☐家管　☐其它_____

購書地點：☐網路書店　☐實體書店　☐書展　☐郵購　☐贈閱　☐其他

您從何得知本書的消息？

☐網路書店　☐實體書店　☐網路搜尋　☐電子報　☐書訊　☐雜誌
☐傳播媒體　☐親友推薦　☐網站推薦　☐部落格　☐其他__________

您對本書的評價：（請填代號　1.非常滿意　2.滿意　3.尚可　4.再改進）

封面設計____　版面編排____　內容____　文／譯筆____　價格____

讀完書後您覺得：

☐很有收穫　☐有收穫　☐收穫不多　☐沒收穫

對我們的建議：________________________________

____

____

____

請貼
郵票

11466
台北市內湖區瑞光路 76 巷 65 號 1 樓
秀威資訊科技股份有限公司 收
BOD 數位出版事業部

（請沿線對折寄回，謝謝！）

姓　名：____________ 年齡：________ 性別：□女 □男

郵遞區號：□□□□□

地　址：________________________________

聯絡電話：(日) ____________ (夜) ____________

E-mail：________________________________